내 속엔
작고 소심한
아이가 산다

내 속엔 작고
소심한 아이가 산다

초판 1쇄 발행 2022년 2월 4일

지은이 장희걸

펴낸이 강기원
펴낸곳 도서출판 이비컴

주 소 서울시 동대문구 천호대로 81길 23, 201호
전 화 02)2254-0658 팩 스 02)2254-0634

마음 한쪽, 자라지 못하는 아이를 위한
가르침의 위로

내 속엔 작고 소심한 아이가 산다

장희결 교육에세이

이비락

프롤로그

#대화1

"내가 언제 해결책을 달라고 했어?"

"그럼 뭔데? 네가 힘들다며? 그래서 얘기해준 거잖아."

"에휴~ 말한 내가 바보지…"

#대화2

"선생님. 오늘 수업나래 모임을 통해 무엇을 느끼셨나요?"

"'아~ 나만 힘든 게 아니었구나.'라는 걸 알게 돼서 많이 위로받았습니다. 감사합니다."

#대화1은 우리 부부가 슬슬 싸우기 시작할 때 가장 많이 하는 멘트다. 아내가 힘들다고 나에게 이야기할 때마다 나는 그 문제에 대해 분석하고 설득하며 솔루션까지 제공하려고 했다. 그리고 한 발 더 나가(이렇게 하면 절대 안 되는데) 논리적으로 아내의 잘못이 무엇인지도 친절하게 지적해준다. 아내는 단지 자신이 얼마나 힘든지 알아달라고, 그리고 공감해주고 위로해달라고 꺼낸 말인데 자꾸

지적질하는 남편이 서운하다.

#대화2는 내가 만든 학교 내의 전문적 학습공동체(수업 연구 모임)인 '수업나래' 모임을 마치고 새로 참여한 모 선생님과 나눈 대화다. 자기만 학교생활이 힘든 줄 알았는데 여러 선생님의 솔직한 고민을 듣는 과정에서 위로를 받았다는 말이다.

살면서 힘들다고 느낄 때마다 나는 그 문제가 무엇으로부터 기인했고, 어떻게 해야 빠르게 해결될 것인가를 고민하면서 해법을 찾으려 노력했다. 남들도 그럴 거라고 믿었다. 그래서 나 자신뿐만 아니라 주위 사람들이 힘들어할 때도 그렇게 해주려고 노력했다. 그것이 진정한 위로와 도움이 된다고 생각했다. 그런데 그게 아니었다. 사람은 삶이 고단하고 힘들 때, 왜 그렇게 되었는지는 별로 중요하지 않다. 다만 지금 내가 겪고 있는 이 고통을 함께 공유하고 공감해주는 것, 진지하게 들어주는 것만으로도 힘이 된다는 걸 깨달았다. 어떤 특별한 해법보다는 남들의 힘든 이야기를 들으면서, 그 사람과 함께 이 시대를 살고 있다는 사실 하나만으로도 위로받고 힘과 용기를 얻을 수 있다는 걸 알았다.

그랬던 나에게도 꽤 많은 시련이 한꺼번에 찾아왔다.

아무리 고민해 봐도 도무지 돌파구가 보이지 않아 무작정 혼자 제주로 내려갔다. 그런데 올레길을 걷다 보니 정말 신기한 경험을 하게 됐다. 내가 지금까지 살아온 기억들이 아주 또렷하게 떠오르기 시작한 것이다. 정말 안 보이던 것들이 보였고, 내 안에 있던 감성이 되살아났다. 제주는 이렇게 또 다른 모습으로 내게 다가와 주었다.

친구나 동료들과 함께 여러 차례 찾았던 제주였지만 이번엔 달랐다. 힘들고 지쳐서 찾은 제주는 철저하게 혼자인 '나'와 만나게 해 주었고, 기억의 날실과 씨실을 이어주는 훌륭한 베틀이 되어 주었다. 그래서 갑자기 기록을 남기고 싶었다. 내가 지금 느끼고 생각하는 것들을 소중하게 간직하고 싶어졌다.

내 이야기는 장구한 대하소설도 교육적 성과나 교육 문제의 해법을 제시하는 지침서도 아니다. 다만 수십 년 동안 교단에서 아이들을 가르치며 교사로서 경험하고 느끼고 고민한 흔적의 나열이다. 또한 평범한 인간의 치열했던 삶의 궤적일 뿐. 고통에 몰려 제주도까지 가게 되었을 때, 비로소 뒤를 돌아보며 나를 발견할 수 있었던... 그래서 기록해두고픈 작은 비망록에 지나지 않다.

하지만 이 소소함이 비슷한 길을 가는 분들에게 작은 공감과 위로가 되어주리라는 소망을 해본다. 함께 비슷한 경험과 고민을 공유함으로써 우리는 인생이라는 영화의 조연이 아닌 주연이었다는 것을 말해주고 싶다. 잠시 내려놓고 뒤돌아보는 시간을 가져 보라고... 당신 또한 최선을 다해 살아왔다는 것을 알게 될 거라고... 그래서 당당하게 주연으로 살아도 된다고 응원해주고 싶다.

장(章) 중간마다 넣은 짤막한 글은 덤이다. 제주를 뚜벅뚜벅 걷다가 잠시 멈춰 서서 사진을 찍었고, 떠오른 생각과 감정을 그 위에 곱게 올려놓았다. 여러분이 나처럼 어딘가로 떠난다면 무료한 시간을 보낼 여행의 간극에서 부담 없이 술술 넘길 수 있는 한 권의 비망록이 되어 주기를 기대한다. 그래서 여러분 또한 다 읽고 난 후에는 인생이라는 영화의 주연으로서 멋진 시나리오를 써 보고 싶어지리라.

원고가 예쁜 한 권의 책으로 나오기까지 무명인 나를 당당하게 주연으로 데뷔 시켜 준 출판사 관계자분들에게 감사의 뜻을 표하며, 생각했던 것을 실행에 옮길 수 있도록 마중물 역할을 해준 교육 동지 조은영 선생, 늘 내 존재 가치를 실현해 주는 어머니와 아내에게 고마운 마음을 전한다. 그리고 하나뿐인 아들에게도 사랑한다는 말을 전하고 싶다. 그 녀석이 없었다면 아마 이 책은 세상의 빛을 볼 수가 없었을 것이다.

2021. 12. 장희걸

차례

4장 기억의 습작

5장 내 안의 어린 '나'와 만나다

1장

지치고 상처받은 그대, 떠나라

드디어 제주도로 떠난다.
남도 끝자락 완도 앞바다를 바라보며 생각에 잠겨 본다. 왜 떠나왔을까?
나도 잘 모르겠다. 저곳에 가면 내가 힘든 이유를 알 수 있을까?
저곳에서 내 자아와 철저히 마주해 보고 싶다.
내가 그토록 사랑하는 것들도 가슴에 담아오고 싶다.
적어도 돌아올 때는 더 나아지리라 믿으며...

짱쌤의 안식년을 응원합니다

'웅~~~~'

휴대폰 진동 소리가 울렸다. 엄마였다.

"희걸아. 너 요즘 얼굴이 안 좋던데 무슨 일 있어?"

"아니야~ 괜찮아 엄마."

"뭐가 괜찮아. 아닌 것 같은데. 엄마는 딱 보면 알아. 우리 아들. 힘들면 엄마한테 말을 해 말을. 왜 말 안 하고 혼자 짊어지고 가려고 해? 너 그러다 병 생겨. 나중에 알게 되면 엄마는 더 속상하잖아. 엄마한테는 말해도 돼. 그래야 엄마가 도와주지. 무슨 일이야?"

"……."

"여보세요? 듣고 있니?"

서러움에 흔들리는 목소리를 들킬까 봐 아무 대답을 못 했다. 나이 오십이 훌쩍 넘은 나지만 엄마 앞에서는 그저 품에 안겨 마음껏 울고 싶은 어린 아들이다.

시작은 이랬다.

"장 선생이?"

"무급휴직? 일 년씩이나? 왜?"

"늘 밝고 사람들과 어울리기 좋아하는데 뭐가 힘들어서?"

"주변에 친한 동료들도 많고, 따르는 후배들도 많은 사람이 왜?"

"다른 학교 파견 나갔어도 아마 그 학교 분위기 휘어잡았을 텐데. 힘들어서 휴직했다고?"

"열정적으로 사는 사람이 무슨 일이야?"

내가 휴직을 하자 주변 선후배 교사들이 나에게 전화해서 했던 말들이다.

사람들은 저마다 남에게 다 털어놓지 못하는 고민을 안고 살기 마련이다. 나 역시 그랬다. 개인적인 고통의 속사정을 어떻게 일일이 이야기할 수 있으랴. 어렸을 때는 내가 힘들다고 징징대면 엄마나 친구가 위로해주거나 해결해주기도 했지만, 나이가 들다 보니 내가 힘든 걸 누군가에게 이야기하기가 그리 쉽지만은 않다. 부모님께 말씀드리자니 걱정하실까 봐 못하고, 직장 후배들은 오히려 나에게 위로받길 원한다. 친한 친구나 동료들은 나보다 더 힘들다고 하소연하는 모습에 선불리 말할 엄두가 나질 않는다. 심지어 가장인 경우, 때에 따라서는 아내에게까지 걱정할까 봐 말 못 할 때도 있다.

요즘 힘들지 않은 사람을 찾아보기가 어렵다. 정도의 차이는 있을지 몰라도 누구나 힘들어하는 시대를 살고 있다. 젊은이들은 취직이 안 돼서 힘들고, 나 같은 50대는 퇴직 후 삶도 준비하랴 자식 뒷바라지하랴 한창 돈 들어갈 때라 힘들고, 라떼 혹은 꼰대 소리 들을까, 후배들 눈치 보느라 힘들다. 자영업자들은 코로나로 인해 힘들고, 학생들은 학교생활 제대로 못 하고 온라인으로 수업을 받으니 재미없어 힘들고, 엄마의 잔소리 듣는 것도 힘들다. 엄마들도 공부는 안 하고 게임만 하는 자식 때문에 힘들다. 교사들은 그런 학생들 챙겨서 수업 잘 듣게 하는 것이 힘들고, 학부모 민원 듣는 것도 힘들다. 나이 드신 어르신들은 죽어라 일해서 자식들 다 키워 결혼 시켜 놓았는데 정작 본인들 노후대책이 없어 생활고에 힘들고, 혹시나 자식들에게 부담 줄까 봐 어디 아파도 말 안 하고 참는 것이 힘들다. 직장에서는 상사 때문에 힘들고, 일에 치여 힘들고, 상사들은 애사심도 없고, 성실하지 않은 부하직원들 때문에 골머리를 썩인다고 한다.

나 역시 이런저런 이유로 힘들어서 교직 생활 26년 만에 처음으로 휴직이라는 것을 해 보고 싶었다. 학교에서 근무할 때는 하루하루 어떻게 지나가는지 모르고, 제대로 책 한 권 읽기도 어렵다. 나에 대해 곰곰이 생각해 본다거나 퇴직 후의 삶에 대해 생각해 본다는 것은 있을 수 없는 일이다. 그렇게 정신없이 살다 보니 어느새 50대 중반의 꼰대 선생이 되었다. 이제 정년까지는 10년도 채 안 남은 것 같은데 여러 안 좋은 일들이 한꺼번에 들이닥치면서 왠지 모를 허전함, 허탈감, 회의감, 우울감 등이 무겁게 날 짓누르기 시작했다.

젊었을 때는 마치 내가 아니면 이 학생을 바른 인재로 키울 수 없다는 듯이 열정을 다해 오버해가며 아이들을 가르쳤고, 인생의 선배로 많은 것을 알려주어야 한다는 지상과제를 떠안은 사람처럼 행동했다. 그동안 나의 이런 진정성을 정말 고맙게 잘 받아준 제자도 있었지만 때로는 나의 심한 꾸지람에 상처 받은 제자도 분명 있으리라. 내가 교직을 처음 시작할 당시만 해도 생활지도라는 명분 하에 학생부 선생님들이 가위를 갖고 수업 시간에 쳐들어가 머리카락 길이를 재고 규정에 어긋나면 무자비하게 잘라버리는 일이 흔했다.

강제야자(야간 자기주도 학습)를 밤 11시까지 시켰으며 아침 0교시 보충수업을 위해 7시에는 등교해야 했다. 아이들은 또 얼마나 많이 선생님들에게 매를 맞았는가. 내 나이 때 사람들은 누구나

중 · 고등학교 시절 선생님한테 맞은 기억들이 한 움큼이다. 아마 40대까지도 그럴 것이다. 그런데 시간이 흘러 아날로그 시대가 디지털 시대를 넘어 이제는 인공지능, 4차 산업혁명으로 엄청난 변화를 겪고 있다.

나이를 먹어가면서 경륜과 경험이 쌓여 수업이 농익고 재미있어질 것 같았는데 점점 문명의 이기(利器) 앞에 아이들과는 멀어지는 것 같고, 소위 빠릿빠릿한 디지털 세대 후배 교사들에게 컴퓨터 프로그램에 관해 물어보는 것도 눈치 보인다. 업무처리도 예전 같지 않고 힘들게 하루하루 버티는 느낌이다. 그러다가 한 번도 생각해 보지 않았고, 원치도 않았던 타 학교 파견근무라는 것을 하게 되었고, 여기에 가족 일까지 엎친 데 덮친 격으로 날 몰아붙였다.

내가 힘들다고 술자리에서 지인들에게 넋두리라도 할라치면 "선생들은 그래도 방학이 있지 않냐?", "넌 철밥통 차고 있는데 무슨 스트레스가 있냐?"라고 핀잔 듣기 일쑤다. 틀린 말은 아니다. 그렇다고 해서 교사들은 힘들어하면 안 되는 건가? 당장 내가 힘들고 고통스러운데 남들이 뭐라 하든지 하고 싶은 걸 해야겠다고 마음먹었다.

수십 년을 교사로 근무하며 여기저기 상처 난 것도 모른 체 정신없이 살아온 나는 1년 휴직계를 내고 내친김에 무작정 혼자 제주로 떠나기로 마음먹었다. 그곳에서 철저하게 나 홀로 외로움과 마주해 보고 싶었다.

> "바쁠수록 마음은 공허해집니다. '인간은 어쩔 수 없이 외로운 존재'임을 깨닫는 방법밖에 없습니다. 외로움은 그저 견디는 겁니다. 외로워야 성찰이 가능합니다. 고독에 익숙해져야 타인과의 진정한 상호작용이 가능합니다. 외로움에 익숙해야 외롭지 않게 되는 겁니다. 외로움의 역설입니다."
>
> - 김정운, 『가끔은 격하게 외로워야 한다』

'그래 혼자 제주에서 외로움과 마주하다 보면 뭔가 깨닫는 것이 있겠지.'

이렇게 생각하고 있을 때 어느 날 제자이자 동료 교사인 조은영 선생이 쇼핑백을 들고 날 찾아왔다.

"선생님, 제주 가시려고 한다면서요?"

나에게 내민 그 쇼핑백 안에는 서명숙 작가의 『제주올레여행』이라는 책과 올레길에 대한 자세한 정보가 들어 있는 별책부록, 제주 올레 상징 간세다리 마크가 찍혀있는 올레 양말, 그리고 "짱쌤의 안식년을 응원합니다."라는 문구가 들어간 그림 등이 들어 있었다. 나를 위해 쇼핑백에 바리바리 챙겨 넣은 그 정성이 날 감동하게 했다. '지치고 상처받은 당신에게 바치는 길'이라는 문구가 내 눈을 사로잡았다.

> "적어도 걷는 순간만큼은 '강 같은 평화'가 찾아들었다. 걷기는 마음의 상처를 싸매는 붕대, 가슴에 흐르는 피를 멈추는 지혈대 노릇을 했다. 자연이 주는 위로와 평화는 훨씬 따뜻하고 깊어 보였다. 보이지 않던 꽃들이, 눈에 띄지 않던 풀들이, 들리지 않던 새소리가 천천히 걷는 동안에 어느 순간 마음에 와닿았다. 걷기는 온몸으로 하는 기도요, 두 발로 추구하는 선(禪)이었다."
>
> - 서명숙, 『제주올레여행 놀멍 쉬멍 걸으멍』

"어! 이거 나에게 하는 말 같네…"
책을 읽으며 하루라도 빨리 제주로 달려가고 싶었다.

쿨~하게 허락받다

교사는 돈을 많이 버는 직업은 아닐지라도 안정되고 먹고사는 데 큰 어려움이 없는 직업임에는 틀림이 없다. 그런데 그런 교사들에게도 나름의 고충과 어려움이 있는 것은 사실이다. 그래서 무급 휴직이라도 하고 싶었지만, 아내에게 선뜻 말하기가 좀 그랬다.

기본적으로 매달 봉급에서 지출되는 건강보험비와 연금 등이 있고, 생활비까지 하면 그럭저럭 일 년에 4천에서 5천만 원은 있어야 하는데, 요즘 누가 은행에 대출 하나도 없이 5천만 원을 바로 현금화시킬 수 있도록 저장해 두고 있단 말인가. 더군다나 나는 집을 늘려나가는 데는 인색했다. 주변 사람들은 안산의 3억짜리 아파트 살다가 조금이라도 돈을 저축하면 다시 몇억씩 대출받아 10억이 넘는 서울, 분당, 과천, 산본 등의 지역으로 이사 간다. 그래서 나이 50이 훌쩍 넘어서도 항상 빚을 갚으며 살아간다. 혹자는 나에게 말한다.

"너 같은 마인드로는 절대 돈을 벌 수 없어."

"평생 좋은 동네에서는 살 수 없다."

"남들도 다 그렇게 집을 넓히며 재산을 불린다."

"네가 사는 안산에 27평 아파트가 10년 전 가격보다 1억이 올랐다면 서울은 10억 이상이 오른다고."

틀린 말은 아니다. 그런데 안산이 그렇게 살기 나쁜 동네인가? 내가 20년 넘게 살고 있는데 그렇게 느낀 적은 별로 없다. 그리고 지금 살고 있는 집이 몇십억이면 내가 그 돈을 쓰면서 살 수 있을까? 내가 깔고 앉아 있는 돈인데. 그 집을 담보로 더 많은 대출을 받을 수 있다지만 더 많은 빚을 내서 어디에 투자할 수 있단 말인가. 나에겐 그런 재테크 할 수 있는 재간도 없다. 또 그렇게 하고 싶지도 않다. 최소한의 노후 자금만 남기고 버는 족족 나 자신과 사랑하는 이들을 위해 쓰고 싶다.

돈이 많은데 여행도 제대로 못 다닐 정도로 건강이 나빠진다면 그 돈 다 뭐에 쓰지? 병원비? 수없이 많은 사람들이 악착같이 돈을 벌어 대출 빚을 거의 다 갚고, 이제 좀 편하게 살만한 순간 갑자기 병을 얻어 죽음을 맞이하는 모습을 너무 많이 봤다. 난 그들이 말하는 좋은 동네도 아닌 안산에 이름 없는 아파트에 살고 있지만 대출 하나 없는 이 상황이 너무 좋다. 이 상태에서 돈을 좀 저축했다고 해서 몇억을 또 대출받아 비싼 동네 아파트로 이사 가기보다 모아 둔 돈으로 한 살이라도 젊은 나이에 여행 가고 맛있는 것 사 먹고, 사고 싶은 것 사면서 즐기고 싶다. 어떻게 될지 모르는 미래의 하루보다 지금의 하루가 더 중요하기에.

물론 나에겐 퇴직 후 많은 돈은 아니지만 평생 매달 받을 수 있는 연금이 있기에 믿는 구석이 있어서인지도 모르겠다. 하지만 기본적으로 은퇴 후 남은 인생을 위해 지금의 황금 시간을 저당 잡히긴 싫다. 나 역시 삼 · 사십 대는 열심히 벌어서 저축도 하고 대출받아 지금의 아파트를 구입했다. 은퇴 후의 삶을 전혀 대비할 필요 없이 맘껏 써재끼자는 것은 절대 아니다. 많은 봉급은 아니지만 가정을 함께 꾸려 온 아내가 있었기에 지금의 재정 상황이 만들어진 것은 분명하다. 명품 백, 귀금속, 액세서리, 고급 화장품, 피부 관리, 비싼 옷 등 보통 여자들이 좋아할 법한 것들에는 그다지 관심이 없고, 그저 돈 모으는 일이 취미인 짠순이 아내가 있었기에 가능한 일이었다. 그렇기에 아무리 내가 휴직할 자격(?)이 있다고 생각하더라도 아내가 허락을 안 해주면 용감하게 감행할 수 없는 노릇이다. '그래. 한번 하고 싶은 것 해보자.'라고 마음먹고, 눈치를 보다가 어렵게 말을 꺼냈다.

"나 힘들어서 그러는데 1년 휴직하면 안 될까?"

"응. 오빠가 힘들면 휴직해."

아주 이상하리만큼 쿨하게 바로 허락했다. 혹시 몰라 재차 물어봤다.

"그런데 한 4~5천만 원 생돈 깨질 텐데 괜찮아?"

"결혼해서 20년을 오빠한테 의지하며 살았는데 1년 정도는 나한테 의지해도 돼. 돈 걱정은 하지 마. 내가 어떻게든 해 볼게. 은행 돈이 전부 내 돈이잖아. 나 황 여사야.(^^)"

"휴직하고 제주에 한 달이라도 혼자 다녀오고 싶은데…"

"혼자?"

"응."

"……."

아내는 잠시 말이 없다가 대답했다.

"다녀와. 오빠가 하고 싶으면 해."

'아~ 내가 아무래도 전생에 나라를 구했나 보다.' 이렇게 생각하고 있을 바로 그때 아내가 다시 말했다.

"근데~ 대신에 나중에 내가 혼자 제주 가면 그땐 두 달 이상 갈 거야."

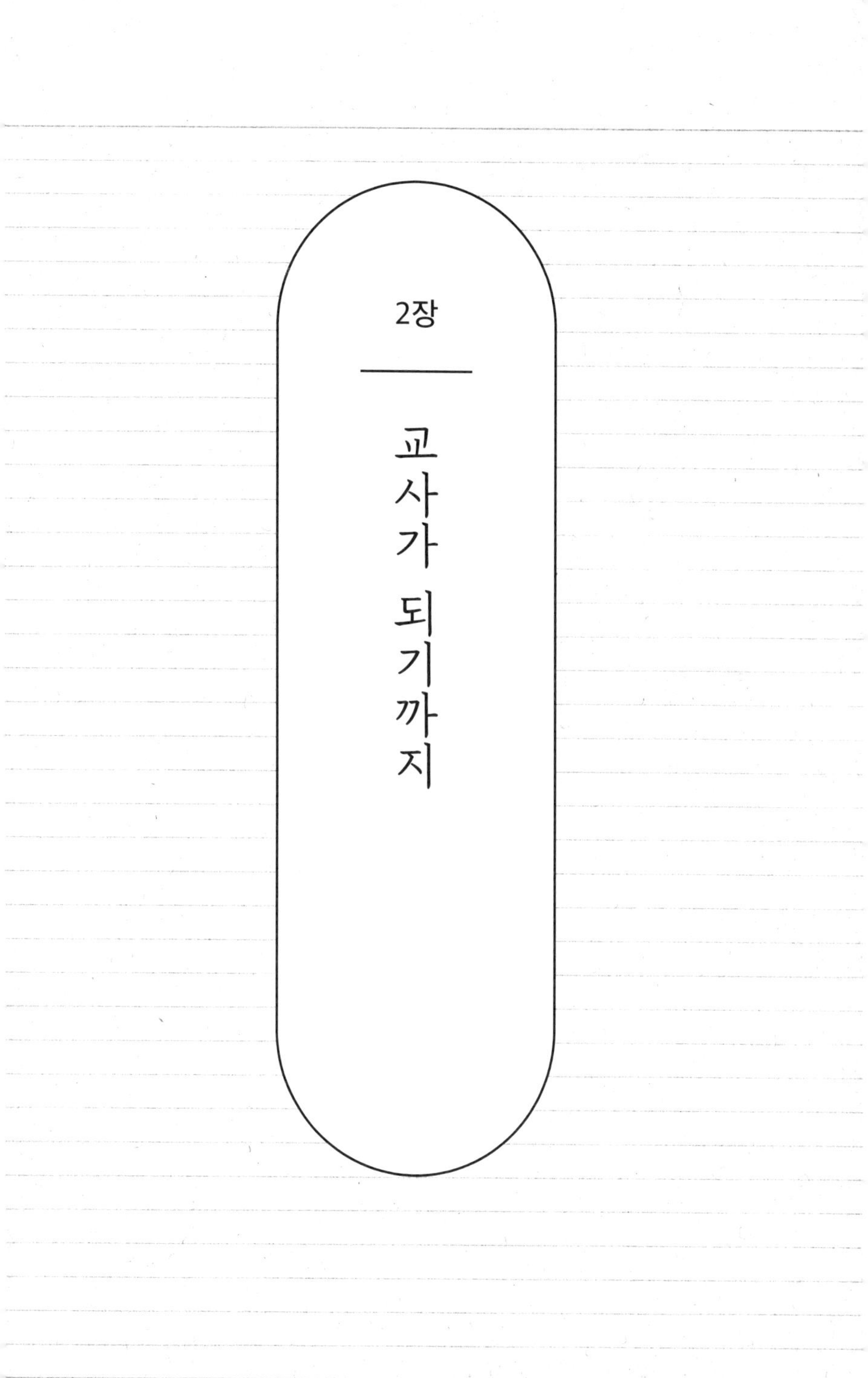

2장

교사가 되기까지

엄마와 월령리 앞바다에서 나란히 석양을 바라보았다. 한낮, 제주를 밝고 따뜻하게 비춰주던 태양은 이제 섬의 문턱에 이르렀다. 참 예쁘고 아름답다.
그런데 그 모습을 말없이 지켜보는 엄마 모습이 더 아름답고 예쁘게 느껴진다.
평생 나를 위해 밝고 따뜻하게 비춰주던 엄마. 엄마는 지금 무슨 생각을 하고 계실까...
코로나로 집에만 계시는 어머니가 안쓰러워 몇 일 동안 제주로 모셔 함께 시간을 보냈다. 아들의 마음을 헤아린 어머니는 사흘 만에 나를 홀로 남겨 두고 먼저 올라가셨다.

왜 하필 일본어 선생님?

"일본어가 대학에서까지 전공할 가치가 있는 외국어냐?"

일본어를 전공하겠다는 말을 듣고 친구가 내게 한 말이다.

중학교 시절, 역사 시간에 일본에 대한 이야기가 나오면 대부분 선생님들은 일본이 우리에게 행한 악행에 대해 열변을 토했다. 우리들 역시 그런 일제강점기를 배우며 울분이 치솟았고, 언젠가 반드시 갚아줘야 한다는 생각에 저마다 애국지사처럼 흥분하기 일쑤였다. 나 역시 그랬던 것 같다. 사회적으로도 '반일', '극일'이란 단어가 유행하던 때였다.

그런데 고등학교에 진학하자 이상한 경험을 하게 된다. 역시 역사 시간이었고 또다시 일본에 대해 분노에 찬 목소리로 열강하신 선생님이 계셨다. 뭐 중학교 때도 그랬으니 여기까지는 당연한 장

면인데 수업이 끝나고 출석부에 서명하실 때 선생님의 안주머니에서 꺼내든 펜이 다름 아닌 'Made In Japan'이었다. 그뿐인가 꽤 많은 선생님들이 그 당시 15만 원 이상(지금으로 따지면 150만 원 이상 가는 고가였다.) 가는 Sony 워크맨으로 음악을 듣고 다니셨다. 일제 Sony, Aiwa, Panasonic 등의 워크맨을 가진 친구들도 간혹 있었는데, 이는 엄청난 부러움의 대상이었다. 소위 있는 집 자식들이었다.(그런 감정을 겪어 본 우리 세대이기에 부자가 아니어도 자식들에게는 100만 원 이상의 최신형 휴대폰이나 옷을 사 주는지도 모르겠다.)

일본에서 코끼리 밥솥을 사 왔다며 자랑하시는 선생님도 계셨다. 그도 그럴만한 게 1980년대는 일본이 그야말로 초고속으로 전 세계 시장을 잠식해서 그 위세는 가히 미국도 위협할 정도였으니까. 전 세계 50대 기업 순위 안에 일본 기업이 30개 이상 차지했을 정도로 전자제품과 자동차 시장에서 타의 추종을 불허하는, 그야말로 세계 전자 제품계의 거인이었다.

오죽하면 일본인들을 '이코노믹 애니멀(Economic Animal. 돈밖에 모르는 경제 동물)'이라고 야유하는 단어가 생길 정도였다. 심지어 어떤 나라에서는 일제 전자제품들을 쌓아 놓고 불을 지르는 내용의 뉴스도 본 기억이 있다.

일본보다 우리나라는 20년에서 30년 뒤처져있다는 말이 공공연히 회자되었고, 일본에서 어떤 아이템을 가져오면 이어서 몇 년 후에 우리나라에서 대박을 터트리던 시기였다. 그뿐인가 경제뿐만 이 아니라 문화, 관광 등 많은 분야에 걸쳐 그 기세는 무서울 정도였다. 일본은 이때 한마디로 참 잘 나가는 나라였다. 어린 내 눈에 비친 이러한 이중성(한편으로는 일본은 욕하면서 일본 제품을 좋아하는 현상)은 이해할 수 없는 모순이었다. 보통 어떤 사람이 싫어지면 그 사람이 가진 물건이나 행동, 말투 같은 것도 싫어지기 마련인데 왜 우리나라는 일본에 대해 이러한 상식이 통하지 않는 걸까. 사회 선생님은 매년 대일 무역역조가 엄청나다고 가르치면서 왜 일본에서 수입한 고가의 제품을 사용하는 것일까?

내 나름의 결론은 이랬다.

"아~경제 원리는 감정만으로 대하는 것이 아니라 객관적으로 그 물건의 품질이 월등히 좋으면 그 나라가 싫어도 사는구나. 가수의 사생활이 좋지 않아도 노래가 월등히 좋으면 그 가수의 노래를 부르는 것처럼."

결국 품질이 좋으니까 고가임에도 사는 것이다. 나는 그런 일본이 부러우면서도 배가 아팠다. 이웃 나라가 잘나가는 것은 좋은 일이지만 우리를 많이 아프게 한 나라이기에 더욱 그랬다. 그래서 손자병법에 "지피지기면 백전불태(상대를 알고 나를 알면 백 번 싸워도 위태롭지 않다.)"라고 했는데, 그렇다면 일본이라는 나라에 대해 알아보자. 그리하여 그들보다 더 좋은 제품을 만들고, 그들로 하여금 우리의 물건을 사게 만드는데 일조하는 비즈니스맨이 돼야겠다는 생각으로 일어일문학과에 진학하게 된 것이다. 일본인들도 우리가 그들보다 더 좋은 물건을 만들어 세계가 인정하게 되면 어쩔 수 없이 우리가 그랬던 것처럼 감정적으로는 싫어도 살 수밖에 없으리라 생각했다.

어찌어찌 세월이 흘러 대학 4학년이 되자 부전공으로 선택했던 교직과목 이수를 위해 교생실습을 나가게 되었다. 그런데 실습 기간 중 문득 이런 생각이 들었다.

'내가 비즈니스맨이 되면 나 1명이지만 교사가 되면 나 같은 생각으로 이 나라에 뭔가 일조할 수 있는 더 많은 나 같은 놈들을 길러낼 수 있지 않을까? 그래서 언젠가 일본보다 모든 분야에 걸쳐 우리가 더 잘나가는 나라가 되면 일본은 분명히 역사에 대해 진심으로 사과하고 함부로 망언도 못 할 거야. 그렇게 되면 진정 어린 사과와 반성의 토대 위에 우리는 그들을 용서할 수 있고 비로소 한일 간에 진정한 선린 우호 관계가 성립될 수 있겠지.'

그로부터 약 30년이 지났다. 2000년대 들어서면서 반도체, 디스플레이, 배터리 등의 몇몇 분야에서 일본을 앞서기 시작하더니 지금은 그때와 비교도 안 될 만큼 추월하거나 거의 따라잡고 있는 분야가 많아졌다. 현재 일본에 있는 모든 전자 기업들의 매출 규모를 모두 다 합해도 우리나라 삼성전자 하나보다도 작을 정도다. 그만큼 외교 무대에서도 대한민국의 위상이 높아졌다. 내가 처음 교직이라는 분야를 선택했던 이유이자 목표가 어느 정도 이루어지고 있다. 가끔 나 혼자 이렇게 생각하며 기뻐한다.

'그래 내 생각이 맞았어. 그동안 수많은 제자를 가르치면서 늘 수업 시간에 강조하고 당부했던 것을 사회에 나가 실천한 제자가 단 1명이라도 있었겠지. 그래서 이런 결과에 아주 조금이라도 내가 일조했을 거야.'라고…

아무도 인정해주지 않고, 또 사실이 아닐지도 모르지만.

세상에서 가장
달콤했던 물 한잔

대학교 4학년 때의 일이다. 보통 대학교 4학년 2학기는 다들 취직 준비하느라 학교에서 하는 강의는 거의 없다. 있다 하더라도 이미 취직한 학생들은 리포트로 대치해 주는 게 관행이었다. 나 또한 본격적으로 진로에 대해 고민하고 있었다. 교육실습을 마치고 교직 쪽으로 방향을 설정한 나는 교육대학원 진학을 결정하게 된다. 무엇을 하면서 대학원을 다니는 것이 좋을까? 아무것도 안 할 수는 없는 노릇이었다. 고심 끝에 학원 강사를 생각했다. 가르치는 스킬과 경험을 키울 수 있는 직장이라고 생각했다. 하지만 나 같은 초짜를 어느 학원에서 받아줄 것인가가 걱정이었다. 그 당시 외국어학원들의 강사는 원어민이거나 해당 나라에서 유학한 사람들이 대부분이었다. 이제 대학을 막 졸업하는 나에게 강사 자리를 턱 하니 내줄 리가 만무했다.

일단 명함을 만들었다. 기본적인 이름과 연락처(집 전화번호와 삐삐 번호)는 물론이고 나를 어필할 수 있는 것은 모두 명함 뒷면에 새겨 넣었다. 그리고 내 커리어를 증명할 수 있도록 서류 봉투에 이력서와 각종 자격증, 상장 등을 복사해서 넣고는 더운 날씨에 양복을 차려입고 무작정 집을 나섰다. 소위 유명한 외국어학원은 어려울 테니 동네 작은 학원부터 돌아볼 작정이었다. 아니나 다를까 방문하는 족족 거절당하거나 문전박대당하기 일쑤였다. 그렇게 하루 종일 실패만 거듭하다가 문득 이런 생각이 스쳤다.

'어차피 안될 거라면 시내 대형학원도 한 번 찔러볼까?'

전철을 타고 을지로로 향했다. 을지로는 명동, 남대문시장, 롯데백화점 본점, 소공동 삼성타운 등 기업과 대형 시장이 어우러진 곳이라 전문 외국어학원도 많을 것 같았다. 특히 명동, 롯데백화점, 남대문시장은 일본인 관광객들이 꽤 많이 오는 곳이기도 하다. 을지로입구역에서 내려 주변을 둘러보다가 조금 옆으로 돌아가는 순간, '코리아헤럴드 직영 외국어학원'이라는 큼지막한 간판이 내 눈에 들어왔다. 아주 큰 빌딩은 아니었으나 빌딩 전체를 거의 다 학원으로 사용하고 있었고 나름 전통도 있어 보였다. 코리아헤럴드에서 직영하는 학원이니 망할 일은 없겠다고 생각했다. 다시 양복 매무새를 가다듬고 계단을 올라갔다. 동네 작은 학원에서 번번이 퇴짜를 맞았지만 학원의 실내 구조와 처음에 누굴 어디서 만나야 하는지 알게 되는 소득은 있었다. 무작정 안내데스크로 성큼성큼 다가갔다.

"수강 신청하시려고요?"
안내데스크 여직원이 물었다.

"아니요. 원장님 좀 뵈려고요."
처음에 뭣도 모르고 안내데스크에서 내가 방문한 이유를 장황하게 설명했다가 여직원에게 그 자리에서 거절당하거나 강사 채용 계획이 없다는 말을 듣고 어쩔 수 없이 나왔던 경험이 있던 터라 무작정 원장님을 뵙겠다고 말했다. 원장은 강사 채용 계획이 없어도 있게 만들 수 있는 사람이기에.

"사전에 약속하셨나요?"
"아니요."
"그럼 무슨 일로 그러시죠?"
여기서 주저리주저리 이야기했다가 또 거절당하면 낭패였다.
"아, 만나 뵙고 긴히 드릴 말씀이 있어서 그렇습니다. 직접 말씀드려야 할 내용이어서요."
여직원은 의심스러운 눈으로 날 봤지만 이내 나의 간절한 눈빛이 전해졌는지 인터폰을 들었다.

“부장님. 어떤 분이 부장님을 꼭 뵙고 드릴 말씀이 있다고 합니다.”

‘아~이 학원은 코리아헤럴드 회사 직영이라 원장이 아니라 부장이 실권자구나.’라는 생각이 스쳤다. 하지만 뭐 어떠랴 부장이든 원장이든 최고 실권자면 그만인 것을.

잠시 후 40대 후반으로 보이는 남자가 데스크로 걸어왔다. 언뜻 보기에도 학원 운영 전반을 책임지는 아우라와 카리스마가 느껴졌다.

“제가 책임자입니다만. 무슨 일이시죠?”

자. 이제부터 진짜 시작할 타이밍이다.

“제가 이 학원에서 일본어 강의를 하고 싶습니다.”

뜬금없는 소리에 부장은 날 천천히 훑어보았다. 그리고는 잠시 자기 사무실로 들어오라고 했다. 아까 그 여직원에게는 차를 부탁했다.

참으로 고마웠다. 동네 작은 학원에서는 차는커녕 물 한 모금도 안 주고 거절했는데 오히려 이렇게 큰 학원에서 이런 대접을 받을 줄이야. 안될 때 안되더라도 아쉬움 없이 자신감 있게 밀어붙여보고 싶어졌다.

“저희가 현재 강사 인력이 풀 상태라 새롭게 채용할 수 없는 입장입니다.”

"네. 잘 압니다. 이렇게 크고 유명한 학원은 강사 자리가 나면 바로 채워지겠죠. 제가 부장님을 뵙자고 한 것은 혹시 중간에 강사 개인 사정으로 강의 펑크가 나거나 갑자기 결원이 생겨 급하게 강사를 구하시게 되면 그때 연락하셔도 된다는 겁니다. 저는 일본에서 유학하지도 않았고 대학도 이제 막 졸업을 앞둔 신출내기이며 현재 교육대학원 재학 중입니다. 그런데 부장님, 학원 강사의 실력이라는 게 명문대학, 해외 유학, 석사, 박사도 중요하겠지만 진짜 중요한 실력은 수강생을 끌어오느냐 못하느냐. 즉 자신의 강의를 신청하는 수강생의 숫자라고 생각합니다. 저는 첫 달에 제가 맡은 수강생의 숫자를 바로 그다음 달에 2배로 늘릴 자신이 있습니다. 만약 2배로 늘리지 못하면 강사 급여를 받지 않겠습니다."

어디서 오는 자신감이었는지 모른다. 물론 나름의 자신감은 있었다. 대학 재학 중에도 워낙 학생운동이 많았던 시절이라 결강과 보강이 다반사였다. 강의가 날아가면 난 후배들을 불러 모아 일작문, 회화, 문법 등을 강의해 주었다. 모교에서 교생 실습할 때는 교생 대표수업을 할 만큼 은사님들이 인정하는 수업이었다. 그래서 어느 정도 자신은 있었지만 여기는 실전이 아닌가. 난다 긴다 하는 명강사들도 어려운 것을 내가 한다고 한 것이다.

"……"

부장과 나 사이에 잠시 침묵이 흘렀다. 이 침묵의 의미는 뭘까?

'조금은 먹혔나?'라는 생각이 들었다. 당돌하기도 하고 보잘것없어 보이는 젊은이가 패기 하나로 들이미는 것이 부장의 마음을 조금은 열게 한 것은 아닐까? 나중에 안 사실이지만 그 부장은 "안되면 되게 하라." "한 번 해병은 영원한 해병"의 정신을 배운 해병대 출신이었다.

잠시 생각하는 듯 아무 말 없던 부장은 여직원을 불러 이렇게 말했다.

"김민희 씨. 오창덕 선생님 좀 오시라고 해주세요."

'이게 무슨 상황이지?' 뭔가 좋은 방향으로 가고 있다는 직감이 들었다. 오창덕 선생님이란 분은 메인 강사 중 한 분이셨다. 나이도 어느 정도 있으셨고(아마 지금의 내 나이 정도?), 경험과 경륜이 있어 보였다. 오 선생님은 부장과 몇 마디 대화를 나누고는 나에게 느닷없이 일본어 교재를 내밀면서 여기부터 여기까지 강의해보라고 하셨다.

매우 당황스러웠다. 사전에 준비도 없이 즉석에서 시강이 이루어진 것이다. 날도 더웠지만 긴장감으로 구레나룻을 타고 땀이 흘러내렸다.

일단 제시한 단원 본문의 전체적인 내용을 빠르게 훑어보았다. 이 단원에서 설명하고자 하는 문법 사항은 무엇인지, 혹시 본문 중에 내가 모르는 단어나 어구는 없는지, 본문의 내용은 무엇인지 등.

다행히 큰 문제는 없어 보였다. 내가 이미 알고 있는 조동사 용법에 관한 내용이었다. 나는 강의 시작 전 이 단원에서 반드시 익혀야 하는 표현과 문법 사항을 설명하고 난 후 천천히 본문을 큰 소리로 읽기 시작했다. 내가 얼마나 발음이 좋은지도 들려주고 싶었기 때문이다. 부장과 오 선생님이 지켜본 지 한 10분쯤 지났을까?

"됐습니다. 그만하셔도 됩니다. 잠시 나가 계시겠어요?"

밖으로 나왔다. 어떻게 설명했는지 기억도 잘 나지 않는다. 진땀을 삐질삐질 흘리고 앉아 있는 내 모습이 안쓰러웠는지 아까 그 데스크 여직원이 시원한 물 한잔을 가져다주며 말했다.

"긴장되시죠?"

그냥 물 한잔인데 친절하고 고맙게 느껴졌다. 너무 시원하고 달콤했다. 처음 들어갔을 때는 또 거절당할 것 같아 차갑게 보였는데 지금은 왜 그렇게 다정하고 예쁘게 느껴지던지. 마음씨가 참 곱다는 생각이 들었다. 만약 정말로 이 학원 강사가 된다면 남자 친구 있냐고 물어봐야겠다고 생각했다.

잠시 후 문이 열리고 들어오라는 소리가 들렸다. 내용인즉슨 이랬다.

"현재 강사 채용 계획은 없으니 정식 강사로 뽑을 수는 없습니다. 하지만 오 선생님 강의 시간 중 점심 한 타임을 해 보시면 어떻겠습니까? 강의료는 오 선생님 페이에서 드리는 것으로 하고…"

지금은 어떤지 잘 모르겠지만 보통 외국어학원은 오전 7시~10시까지 한 시간씩 3타임을 하고, 점심시간에 외국어를 배우려는 직장인을 위해 12시~1시까지 1타임, 저녁 5시~9시까지 4타임 이런 식으로 운영되었다. 당시 학원과 강사의 수익 분배 비율은 6:4였다. 수강생 1명의 한 달 수업료가 5만 원이었으니까 학원이 3만 원, 강사가 2만 원을 가져가는 구조였다. 오전 7시부터 밤 9시까지 자신의 강의에 등록한 수강생 수가 모두 합해 100명이라면 그 강사는 한 달 수입이 2백만 원이 된다. 그런데 그중 낮 1타임을 나에게 맡긴다는 것이다. 오 선생님은 나에게 1시간짜리 낮 타임을 맡김으로써 오전과 저녁 강의에만 집중할 수 있고, 오전 10시부터 저녁 5시까지 온전히 자유시간을 가질 수 있었다. 만약 낮 1타임에 수강생이 10명이라면 오 선생님은 자신이 받는 수강료에서 20만 원만 나에게 주면 된다. 보통 수강생이 제일 많은 시간은 저녁 타임이고 제일 적은 게 낮 타임이기에 오 선생님 입장으로서도 얼마 안 되는 금액을 포기하고 차라리 그 시간을 활용하여 다른 일을 해 볼 수도 있었다.

수강료의 많고 적음을 따질 입장이 아니었다. 바로 기회를 주셔서 감사하다고 인사하고 기쁜 마음으로 학원을 나왔다. 처음에는 이게 무슨 상황인가 했다. 잘 믿기지도 않았다. 동네 작은 학원이라도 강의만 할 수 있다면 좋겠다고 생각했는데 시내 중심가에 전통 있는 대형 학원에서 강의를 할 수 있다니. 믿어지지 않았다. 물론 다른 사람 강의 시간의 일부분을 땜빵으로 들어가는 것이지만 이것을 징검다리 삼아 반드시 내 이름을 걸고 강좌를 개설할 수 있도록 만들겠다고 다짐했다. 더군다나 내가 직접 찾아 나서서 이뤄낸 작은 기회가 아니던가. 그날 밤 부모님께 큰절을 올리면서 말씀드렸다.

"아버지, 어머니 키워주셔서 감사합니다. 처음 시작은 보잘것없지만 이제 제가 스스로 만들어낸 기회를 살려 반드시 발전하는 모습을 보여드리겠습니다."라고.

단 한 명을 위한 수업

코리아헤럴드 학원에서 첫 강의하던 날을 난 잊지 못한다. 나름대로 열심히 준비하고 기대에 부풀어 1시간 전부터 강의실에서 수강생을 기다리고 있었다. 강의를 할 수 있게 되었다는 것에 흥분되어 정작 오 선생님의 낮 타임에 몇 명의 수강생이 있는지 물어보질 못했던 거다. 그런데 12시가 다 되도록 내 강의실에는 1명도 들어오지 않았다. 이윽고 문이 열리고 들어온 수강생은 양복 입은 젊은 남자. 나에게는 형뻘 나이 정도 되는 회사원 단 1명이었다.

'아~이래서 오 선생님이 낮 타임을 나에게 주셨구나. 이러면 너무 적은 데… 그럼 내 월급은 한 달에 단 2만 원이란 말인가. 이건 교통비도 안 나오는 금액인데. 부모님께는 뭐라 말씀드리지?'

요즘 말로 잠시 멘붕에 빠졌다. 그 회사원도 평소 수업해주던 강사가 아니어서 당황한 모양이었다.

"오창덕 선생님 강의실 아닌가요?"

"아, 맞습니다. 선생님 사정이 있으셔서 오늘부터 낮 1타임은 제가 맡아 강의하게 되었습니다. 반갑습니다."

수강료도 수강료이지만 약간 의심스러워하는 회사원을 안심시키는 일이 급선무였다. 이 회사원마저 다음 달에 수강 신청을 안 하면 그나마 있는 강의 기회조차 날아가기 때문이었다. 그리고 한편으로 이런 생각도 들었다.

'아니지. 어차피 돈을 위해 시작한 일은 아니니까. 내 강의 경험을 위한 투자라고 생각하자. 그리고 내가 부장님께 했던 약속. 다음 달에는 반드시 2배의 수강생을 끌어올 수 있다는 약속. 수강생이 1명이니 다음 달에 2명만 되어도 지킬 수 있지 않은가. 만약 10명이었으면 20명이 되어야 하는데 이 얼마나 다행스러운 일인가.'

나는 단 1명의 회사원을 위해 최선을 다해서 강의했다. 그 수강생 입장에서도 단돈 5만 원에 개인 티칭을 받은 것이나 다름없었다. 고맙게도 시간이 갈수록 회사원은 열심히 내 수업을 들어주었고 우린 친해지기까지 했다. 내 사정을 알게 된 그는 다음 달에는 자기 친구들 몇 명 꼬셔서 수강 신청을 하겠다고 약속까지 해 주었다. 1시간 강의하는 것에 그치지 않고 강의 스킬을 연마하기 위해 남는 시간에 다른 강사 선생님들에게 부탁하여 그분들의 강의를 참관하기도 하고, 재미있는 강의를 위해 닥치는 대로 자료도 준비하며 동분서주했다.

매달 1일은 학원 강사들에게는 긴장의 날이다. 왜냐하면 지난달에 수강했던 수강생들을 포함하여 이번 달에는 몇 명이 내 강좌를 새로 수강 신청했는지 결과가 나오는 날이다. 지난달에 100명이었던 수강생이 이번 달에는 50명밖에 안 되면 한 달만에 수입도 반으로 줄어들기 때문이다. 하지만 난 부담이 없었다. 2명이어도 약속을 지킨 게 되니까. 내 수강생은 약속대로 친구 2명과 함께 총 3명이 낮 타임에 수강 신청을 해주었다. 보통 낮 타임은 수강 신청이 없어 폐강되는 게 일반적인데 나로 인해 살아날 수 있었고 부장한테 말한 대로 2배 이상의 인원수를 채웠으니 한 달 후 당당하게 월급 6만 원을 받을 수 있게 된 것이다. 물론 오창덕 선생님에게 받아야 되지만….

이렇게 시작한 학원 강사 생활은 3개월 만에 정식 강사가 되어 내 이름이 새겨진 강좌가 학원 홍보 전단에 당당히 실리게 되었고, 6개월 만에 수강생 수는 100명을 넘어섰다. 학원 측은 숭의여자대학교 관광과 학생들을 위한 강의를 개설해 주기도 했다. 수강생 중에 삼성에 근무하는 직원도 있었는데 그의 소개로 삼성본관 건물에서 신입사원들 몇몇을 모아 과외도 하고, 개인 교습도 들어오는 등 나름 잘나가는 강사가 되어가고 있는 것 같은 느낌이 들었다.

나는 처음으로 내 이름이 들어간 홍보 전단을 지금도 고이 간직하고 있다. 그날의 뿌듯함을 잊지 않기 위해.

떠나는 새는 뒤를 더럽히지 않는다

그렇게 나름대로 영역을 넓혀가며 조금씩 나의 퀄리티를 쌓아 가고 있었다. 1995년 5월 어느 날 갑자기 평소 내가 주군으로 생각하는 교수님으로부터 연락이 왔다. 안양에 있는 고등학교인데 일본어 교사를 뽑는다는 것이다. 당장 6월부터 근무를 해야 하는데 일단 임시교사(기간제 교사)지만 일본어 교사 자리가 있으니 열심히 하면 내년 새 학기에 정교사로 발령을 내줄 수 있다는 조건이었다. 순간 갈등이 생겼다. 이제 조금만 더 있으면 이 학원에서 메인 강사까지 노려볼 수 있고 수입도 꽤 짭짤해지고 있는데 만약 내년에 정교사가 안 되면 어떻게 하지? 어렵게 얻은 학원강사 자리도 날아가는 것 아닌가?

교수님께 말씀드렸다.

"저 혹시 내년에 정교사가 확실히 되는 건가요?"

"너 평생 학원에서 강의할래?"

뒤통수를 한 대 얻어맞은 기분이었다.

'그래. 내가 원래 하고 싶었던 것은 이게 아니지. 교단에 설 수만 있다면 그것이 기간제 비정규직이라 하더라도 일단 기회를 잡자. 이 학원도 처음에 그렇게 시작했듯이 분명 거기서도 열심히 하면 기회가 생기겠지.' 마음을 고쳐먹고 학원을 그만두었다.

6월부터 본격적으로 고등학교에서 수업할 수 있게 된 나는 학원 강의 경험을 살려 열심히 근무했다. 당시는 지금처럼 기간제 교사가 많은 시절이 아니고 기껏해야 한 학교에 한두 명 정도가 고작이었다. 명칭도 기간제 교사라고 하지 않고 임시교사라고 불렀다. 임시교사가 나 한 명이다 보니 선생님들도 관심을 많이 주셨고, 여러모로 많은 도움을 주신 것으로 기억한다. 다들 정교사가 돼서 함께 하길 응원해주셨다. 하지만 어디 인생이 내 맘과 계획대로 되는 것인가. 2학기가 끝나갈 때가 되었는데도 학교 측에서는 아무런 말이 없었다. 슬슬 불안해지기 시작했다. '정말 그냥 이것으로 끝나나 보다.'라고 생각하고 있을 무렵, 행정실에서 연락이 왔다. 새로운 일본어 교사를 정교사로 내정했으니 미안하지만 나가 달라는 연락이었다. 전혀 예상 못 한 것은 아니지만 막상 통보를 받고 짐을 싸서 집으로 돌아가는 버스 안에서의 심정이란 정말이지 뭐라 말로 표현할 수 없는 감정이었다. 별의별 생각이 다 들었다.

'그냥 학원에 있을 걸 그랬나? 그러면 지금쯤 수강생도 많아졌을 텐데…'

'확실한 정교사 자리가 아니었는데 내가 섣불리 학원을 그만둔 것은 아닐까? 학원에 있다가 정교사 시험을 계속 보았다면 어땠을까?'

그렇게 난 다시 백수가 되었다. 교육대학원도 3학기나 남아 있는데 다시 학원을 알아봐야 하는지. 그러면 또 처음처럼 퇴짜를 맞아가며 찾아다녀야 하는지. 코리아헤럴드 학원처럼 날 믿고 써 줄 학원이 있을까? 임용고시 준비를 해야 하나? 그런데 한 번에 붙기 힘들다는 임용고시 준비를 위해 몇 년을 수험 생활하며 부모님께 손 벌리는 것도 너무 죄송하고 못 할 짓이라는 생각이 들었다. 도무지 의욕이 생기질 않았다. 아마 이런 비정규직 경험을 했던 사람들은 이 시기가 얼마나 힘들고 어려운 감정에 휩싸이는지 잘 알 것이다. 그렇게 고민하고 갈등하며 평소보다 더 추운 1월을 보내고 있을 즈음 근무했던 학교에서 다시 연락이 왔다. 일본어 교사 한 명이 갑자기 휴직하게 되어 또 임시교사가 필요하니 와줄 수 있느냐는 내용이었다. 이번에는 정교사 채용이 되었으니 그야말로 진짜 1년짜리 임시교사였다. 기분 같아서는 나를 뽑아주지 않은 학교가 원망스러웠고 화도 났지만 별다른 대안이 없었던 터라 수락할 수밖에 없었다.

일본어 속담에 "떠나는 새는 뒤를 더럽히지 않는다.(立つ鳥跡濁さず)"라는 말이 있다. 무슨 일이 있든지 사람은 머물렀던 곳을 떠날 때는 뒤처리를 깔끔하고 좋게 잘 마무리하고 떠나라는 뜻이다. 처음 정교사 채용이 안 됐다고 결정된 날 교장 선생님은 나를 조용히 남교사 휴게실로 불러 말씀하셨다.

"장 선생님. 많은 선생님들이 선생님이 정교사가 돼서 우리와 함께하길 원했지만 사정이 생겨 어렵게 되었습니다. 장 선생님이 고생하신 거 잘 알고 있기에 떠나 보내드리게 된 것이 참으로 안타깝고 유감입니다."

나는 그 당시 속으로는 서운했지만 이렇게 말씀드렸다.

"아닙니다. 제가 부족해서인걸요. 학교 사정을 이해합니다. 혹시 다음에 다른 기회가 생기면 꼭 연락주시면 감사하겠습니다. 그동안 감사했습니다. 안녕히 계십시오."

지금 생각해 보면 참 잘한 일 같다. 만약 그때 한순간의 감정에 따라 인사도 제대로 안 하고 그냥 와버렸거나 인수인계도 하지 않았다면 아마 이렇게 다시 연락 오지는 않았을 게 분명하다. 그리고 영원히 정교사는 안됐을지도 모른다.

다시 학교로 나가 보니 새로 임용된 일본어 교사는 대학을 막 졸업한 앳된 여선생님이었다. 난 그분을 원망하기보다 나에게 1년이라는 시간을 교단에서 보낼 수 있게 다시 불러준 학교가 고맙다고 생각하기로 했다. 그래야 내 마음이 편할 것 같았다. 나 대신 새로 정교사로 채용된 그 선생님께도 오히려 최선을 다해 잘해 드렸다. 그렇게 1년을 더 같은 직장에서 근무하게 되었다. 다시 시작한 교단생활이지만 이번에는 진짜 다음 해를 미리 준비하지 않으면 안 되었다. 1996년 2학기가 끝나면 바로 계약 기간이 만료되기에 미래에 대한 불안감이 시나브로 쌓이기 시작했다.

아버지의 이름으로

《화불단행(禍不單行, 나쁜 일은 겹쳐서 온다)》이라 했던가.

1995년부터 조금씩 적금을 들어 모아 두었던 돈 400만 원(지금 시세로는 거의 800만 원 정도 될 것 같다.)을 몽땅 털어 그 당시 대학원에서 추진했던 여름 유럽 연수 여행을 신청했다. 난생처음으로 부모님을 모시고 해외 여행을 가고 싶었고 부모님도 내심 기뻐하시는 듯했다. 그러나 그간의 마음고생을 비웃기라도 하듯 더 큰 시련이 날 기다리고 있었다. 부모님과의 유럽 여행조차도 허락할 수 없다는 듯이.

연수 여행의 막바지 준비작업과 설명회로 정신없던 1996년 7월 초, 출발 일주일 남짓 남겨 놓고 아버지가 쓰러지셨다. 병명은 급성 심근경색. 진단 결과는 세 개의 주요 관상동맥 중 이미 두 개가 괴사 되어 기능이 마비된 상태로 수술도 어려운 상태여서 거의 가망이 없다고 했다. 막 여름이 시작된 때였다. 장기입원 준비를 위해 아버지를 병원에 남겨 두고 집으로 돌아온 나는 TV 위에 걸려 있는 아버지의 사진을 향해 무릎을 꿇고 앉아 가슴속에서 복받쳐 오르는 설움을 쏟아내기 시작했다.

'아직은 아닙니다. 이럴 수는 없습니다. 30여 년을 국가에 봉사하고 이제 겨우 퇴직했는데… 그 흔한 외국 여행 한번 못 가셔서 이 못난 아들이 효도 한번 하려 했는데, 어찌 그리 무심하시단 말입니까? 제발 살아만 주십시오. 저에게는 그 무엇과도 바꿀 수 없는 마음의 기둥이십니다. 이렇게 힘들 때 아버지마저 떠나신다면 전 누굴 믿고 의지하며 살아간단 말입니까. 아직은 안됩니다. 이건 너무 빠릅니다. 제발 살아만 주세요. 제발…'

아버지는 우리 세대 대부분의 아버지가 그랬던 것처럼 엄격하고 무뚝뚝하고 표현을 잘 못하는 사람이었다. 더군다나 경찰 경호관으로 대한민국 삼부 요인 중의 하나이자 국가 의전 서열 2위인 국회의장을 무려 3대(이효상, 백두진, 정일권)에 걸쳐 가장 측근에서 모셨으니 평소 무표정하고 무뚝뚝한 이미지가 더욱 굳어진 것이 어쩌면 당연한 이치일지도 모른다. 난 평생 아버지의 다정한 목소리나 미소 띤 얼굴을 듣거나 본 기억이 거의 없다. 어렸을 때는 어마어마한 덩치에 허리에는 리볼버 권총을 차고, 검은색 양복을 입은 모습이 너무 무서워 달려들어 안길 엄두가 안 났다.

어느 날, 우연히 아침에 출근 준비하시는 아버지를 유심히 본 일이 있다. 오랜 시간 동안 거울을 보며 정성껏 짧은 머리를 2:8 가르마로 손질하고 계셨다. 그런데 그날뿐 아니라 매일 그 길고 긴 작업을 하셨다. 그게 신기해서 왜 그렇게 하시냐고 여쭤본 적이 있다. 그러자 아버지는 이렇게 말씀하셨다.

"매일 오늘이 나의 마지막 출근이 될지도 모른다는 생각으로 머리를 손질한단다. 동료가 내 시신을 수습할 때, 나의 마지막이 단정하고 멋있게 보이고 싶기 때문이지."

경호관. 자신이 아닌 다른 사람을 위해 목숨을 초개와 같이 버릴 수 있는 사람. 그렇기에 저리도 자신의 감정을 드러내지 않고 올곧게 한 길을 갈 수 있겠다 생각했다. 아주 조금씩 아버지의 마음을 알아가는 순간이었다.

그렇게 시간이 흘러 어느덧 군에 입대하고 휴가를 나왔을 때 일이다. 아버지는 고생 많았다며 내 어깨를 두드려 주셨다. 그런데 한동안 아버지를 못 봐서 그랬는지 꼿꼿하고 위엄있고 무섭게만 보였던 아버지 모습은 보이질 않았다. 참으로 작아지고 초라해 보였다. 당당했던 태도도 찾아볼 수가 없었다. 그때가 되어서야 비로소 조금씩 아버지를 이해하고 다가설 수 있었던 것 같다. 부대로 복귀한 나는 〈아버지〉라는 시를 지어 국방일보 독자 투고란에 보냈고, 운 좋게 선정되어 1991년 3월 5일 자 국방일보 지면에 실렸다. 내 이름이 살짝 오타 나긴 했지만 뭐 어떠랴.

아버지

언제나 말 없음으로
내게 다가오셨습니다.
침묵으로 일관된 삶 속에서
무엇에 의미를 두었는지 몰랐습니다.

이젠 그 소리를 듣습니다.
들었던 매를 뒤로 하고
당신도 나와 함께
아파했다는 사실을
이제서야 깨닫습니다.

어깨 위로 올려놓던 굵은 손
마디마디에 담겨 있는 정이
새삼 가슴 뜨겁도록

슬픕니다.

세월은 흘러

당신의 뒷모습은 초라하게 보이지만

여기

당신이 심고 길들인 아들은

위대했던 당신의 위업을 등에 업고

당당히 서서

나지막이 외쳐 봅니다.

죽어도

중심(中心)에 항상 침묵으로 계실

사랑하는 나의

아버지.

나는 아버지를 사랑한다. 모든 자식이 그러하겠지만 나에게 있어서 아버지란 존재는 그 자체로 막대한 영향력을 갖고 내 마음속에 계셨다. 그 이유는 살갑지는 않았지만 공직에 계시면서 지키셨던 그 청렴성과 정직성, 자신에게 주어진 임무에 최선을 다하는 성실성을 말이 아닌 행동으로 보여주셨기 때문이다. 그랬던 아버지가 쓰러진 것이다. 정말 하늘이 무너져 내리는 것만 같았다. 언제나 당당했던 그의 모습에 죽음의 그림자가 드리워진다는 게 믿어지질 않았다. 그러나 마냥 슬퍼하고 있을 수만은 없었다. 아버지 앞에서는 약한 모습을 보이지 말자고 다짐했다. 아버지의 굵은 손을 잡고 수술실로 이동할 때, 감은 눈 사이로 흐르는 그의 눈물을 보았다. 아버지 역시 삶을 놓는 순간에 믿고 의지해야만 하는 사람은 나였으리라. 어머님도 가게를 운영 중이었고, 여동생도 직장인이어서 불행 중 다행으로 마침 방학 중인 내가 아버지 곁에 스물네 시간 항상 함께 할 수 있었다.

쇠창살 밖으로 보이는 여름 하늘은 그 햇살을 더욱 뜨겁게 내리쬐고 있었고, 남들은 산으로 바다로 해외로 놀러 다니는데 나는 하루에도 몇 번씩 가슴을 움켜쥐며 고통스러워하시는 모습, 너무나도 굵게만 느껴졌던 혈관주사 바늘이 인정사정없이 핏줄 속으로 파고 들어가는 모습, 점점 병세에 초췌해져 가는 아버지의 모습을 바라보면서 찌는 듯한 무더위를 중환자실에서 보내야만 했다. 주위에는 다리가 잘린 사람, 의식만 있어 코로 집어넣은 호스에 죽을 밀어 넣어가며 연명 치료 하는 사람, 연일 죽어 나가는 사람들로 여름 내내 중환자실도 만원이었던 것으로 기억된다.

어느 날인가 아버지는 뭔가 느끼셨는지 나에게 말했다.

"내가 죽으면 주위에서 말들이 많을 것이다. 화장을 해야 된다느니 안 된다느니 재산은 어떻게 해야 한다느니. 희걸아. 너는 장

남이고 외아들이니까 그 누구의 말도 듣지 말고 내가 일러준 대로 하려무나. 나의 육신은 화장하고 그 뼛가루는 단양에 있는 우리 집 뒷산에 뿌려주려무나."

말끝이 흐려지셨다. 당시 아버지는 경찰을 명예퇴직하고 퇴직금을 몽땅 털어 충북 단양에 전원주택을 짓고 내려가 살고 계셨다. 나는 속에서 터져 나오는 눈물을 씹어 삼키며 애써 태연한 척 말했다. "왜 약해지려 하십니까. 아버지는 강한 사람이잖아요. 제가 옆에 있을게요. 끝까지 옆에서 아버지를 지켜드리겠습니다." 했다. 그리고는 화장실로 달려가서 삼켰던 슬픔을 뱉어내고야 말았다. 이젠 내가 아버지의 경호관이 돼드려야 한다고 생각했다.

외로웠다. 고통스러웠고 누군가 옆에 있어 주었으면 했다. 그를 잡고 한없이 푸념이라도 하고 싶었다. 하지만 그때 내 곁에는 아무도 없었다. 게다가 5년을 넘게 사귀었던 연인과도 이별하게 되었다. 대학을 졸업하고 1년 이상 정교사도 못되고, 아버지 일까지 겹치자 떠나는 그녀를 잡을 재간도 명분도 없었다.

8월 중순이 돼서야 겨우 약의 힘을 빌려 연명할 수 있다는 의사의 진단으로 안도의 한숨을 쉬게 되었다. 그러나 언제 어떻게 나머지 하나 남은 혈관이 막혀 돌아가실 줄 모르니 항상 마음의 준비를 해 놓으라는 의사의 말을 뒤로하고 아버지와 함께 8월 20일 병원을 나설 수 있게 된 것이다.

꼬박 한 달 조금 넘는 시간이었다. 그나마 수술이 성공적으로 잘 된 것이 천만다행이었다. 살아계신다는 사실 하나만으로도 날 듯이 기뻤다. 퇴원하자마자 다시는 아버지와 함께 가지 못할 뻔했던 단양 집으로 향하기로 했다. 영정이 아닌 살아계신 아버지와 함께 말이다. 그리고 다시 서울로 돌아와 끼고 있던 커플링도 한강에 던져버리며 다시는 이와 같은 사랑을 하지 않으리라 마음먹었다.

2013년 3월. 향년 일흔넷의 나이로 아버지는 하늘나라로 가셨다. 병원에서 위험한 상태라는 진단을 받았음에도 불구하고 병마와 대적하기 시작해서 무려 17년이나 버티셨다. 하지만 지금도 아버지는 여전히 내 마음 한가운데 살아 계신다. 그리고 하늘에서 아들의 대견함을 바라보며 늘 그랬던 것처럼 말없이 계실 게다. 언젠가 나도 그곳에 가서 아버지를 만나게 되면 여쭤보리라.

"아버지 이름에 먹칠하지 않고 잘 살았죠?"

그리고 한 번만 안아달라고 응석이라도 부려봐야겠다.

나의 학교를 찾다

1996년 8월 말. 다시 개학은 다가오는데 마냥 아픔에서 허덕일 수만은 없었다. 물론 고통스러웠으나 나에게는 어떻게든 아버지가 살아 계실 동안 정교사로 임용된 모습을 보여드리는 것이 급선무였다. 마음이 급해졌다. 정교사 임용을 위한 나의 피나는 노력이 다시 개학과 더불어 시작되었다.

서울, 인천, 경기. 어디든 교직에 관련된 기사나 채용 광고에는 빠짐없이 지원하였지만 번번이 불합격되었다. 어떤 학교는 내가 소위 들러리를 서는 느낌(이미 합격자를 내정해 놓고 형식적으로 공개채용을 하는 것.)도 받았다. 배수진으로 그해 12월에 있을 예정인 임용고시에도 응시하여 저녁에 노량진 교육학 학원에 다니며 동분서주했다. 노량진 학원에서 강의를 듣고 돌아오는 버스 안에서 교직은 천직이라 했는데 내 길이 아닌 것을 가려 하는 건가? 몇 번이고 곱씹어 보기도 했고, 잠자리에서는 정교사가 안 되는 상황을 생각해 보며 뜬 눈으로, 눈물로 밤을 지새우기도 했다. 정말 피를 말리는 시간의 연속이었다.

그렇게 하루하루 걱정과 불안한 나날을 보내던 어느 날. 수업을 마치고 온 내 자리에 신문 하나가 놓여있었다. '교사 채용공고'라는 항목이 보이도록 친절히 접혀 있었다. 그때는 지금처럼 인터넷이 없던 시기이므로 채용정보는 대부분 신문을 통해 접할 수 있었다.

'경안고등학교 교사 채용 공고'라는 문구가 눈에 들어왔다. 누가 내 책상 위에 이걸 올려놓았을까 궁금하던 차에 평소 내 걱정을 해 주시던 최정재 체육 선생님이 다가왔다.

"장 선생. 이 학교 개교한 지 얼마 안 된 학교인데 한 번 지원해 보는 게 어때? 인문계 학교고 개교한 지 얼마 안 돼서 장 선생 같은 젊은 교사가 들어가면 처음엔 조금 힘들지 몰라도 학교와 함께 성장할 수 있지 않을까? 내 친구도 음악 선생인데 여기 있거든. 내년이면 3학년까지 다 채워지니까 이번이 3기 마지막 교사 공채 같은데…"

그동안 신문 교사 채용공고만 보면 바로 달려가 지원하곤 했는데 이 공고는 미처 보지 못했다. 물론 또 불합격되는 한이 있더라도 지원하는 게 마땅했다. 그런데 지원하는 것보다 더 중요한 것은 나를 위해 신문을 챙겨주신 최정재 선생님의 따듯한 마음이었다. 젊은 선생이 한번 해보겠다고 나름대로 열심히 노력하는 모습을 옆에서 지켜보다가 신문공고를 보고 고이 접어 내 책상 위에 올려주신 그 마음. 지원 여부를 떠나 정말 고마웠다. 언젠가 반드시 맛있는 밥 한 끼라도 사드리리라 속으로 결심하고 바로 지원 준비에 들어갔다. 늘 해오던 대로 이력서, 각종 자격증 및 증빙서류, 자기소개서 등을 준비해 학교를 찾아갔다.

1996년 12월 경기도 안산.

내겐 꽤 낯선 동네였다. 내가 사는 영등포에서 버스로 1시간 30분 정도면 충분하고 전철로도 1시간이면 닿는 곳이었다. 그런데 그동안 한 번도 와 본 적이 없는 동네. 지하철 4호선 중앙역에서 내리자 낯선 풍경이 눈앞에 펼쳐졌다. 전철 플랫폼에서 내리는 사람은 나와 또 한 명뿐. 역사(驛舍) 너머는 황량하게 펼쳐진 펄과 같았고, 무슨 공사를 하는지 포클레인 소리와 건물 기초공사를 위한 말뚝 박는 소리가 연신 귓가를 때리고 있었다. 서쪽 바다에서 불어오는 세찬 바람이 옷깃을 여미게 했다.(지금은 신도시 개발이 끝나 대규모의 아파트 단지로 바뀌어 있지만) 지하철역 근처 지도를 보니 '경안고등학교'라는 곳은 눈을 씻고 봐도 없고 '경원고등학교 부지'라는 곳만 보였다. 택시 기사 아저씨도 정확하게 모르시는 눈치였다. 아직 학교가 생긴 지 얼마 안 돼서 지도조차도 오타가 있었던 모양이다. 택시 기사 아저씨는 일단 '경원고등학교 부지'라고 되어 있는 곳을 향해 내달렸다. 저녁 어둑어둑한 시간. 낮은 야산을 끼고 커브 길을 돌아가는 순간, 나는 내 눈을 의심할 정도로 아름다운 학교 건물에 그만 넋이 나가버렸다. 빨간색 벽돌로 길게 쭉 뻗은 본관 건물은 마치 대학 캠퍼스와 같은 위용을 떨치고 있는 듯했고, 바로 옆에는 캐나다산 단풍나무로 만든 마루가 멋지게 깔린 웅장한 체육관이 있었으며 한편에는 '달재원(達宰苑)'이라 쓰인 기숙사 건물이 포진해 있었다. 드넓게 펼쳐져 있는 운동장과 교사(校舍)를 감싸 안고 있는 낮은 산. 엄청나게 큰 넓이(약 10,000평)인데도 이상하리만치 포근하고 따뜻하게 느껴졌다.

'아~ 이런 학교에서 근무할 수 있다면 얼마나 좋을까.'라고 생각하며 교무실 문을 열고 들어갔다. 저녁 시간이라 아무도 없는 교무실에 머리가 하얗게 센 교장 선생님으로 보이는 분과 젊디젊은 교감 선생님 두 분만이 난롯가에 마주 서서 나란히 담소를 나누고 있었다.

"어떻게 오셨습니까?"
"교사 채용 공고를 보고 지원하려고 왔습니다."
경안고와의 첫 인연이 시작되는 순간이었다.

어머니의 눈물과
열정의 학교생활

서류를 제출하고 돌아오는 내내 가슴이 두근거렸다. 왠지 모를 친근함, 따뜻함, 설렘이 온몸을 감싸고 있었다. 제발 들러리가 아니길 바라며 기도하는 마음으로 잠을 청했다. 며칠 후 필기시험을 보러 다시 학교를 찾았을 때 멋진 교복을 입은 학생이 나에게 인사를 건넸다. 내가 누군지도 모를 텐데 학교에 오는 손님에게 인사하는 그 여학생의 모습이 너무 예뻐 보였다. 학교가 아름다우니 여기서 공부하는 학생들의 심성 또한 곱고 예쁘다는 느낌이 들었다.

서류심사, 전공 필기시험, 교육학 시험, 논술 시험, 수업지도안 시험, 수업 실기시험, 최종 면접에 이르기까지 총 7번에 이르는 시험을 하나하나 치르면서 적어도 들러리는 아니겠구나 하는 안심이 들었다. 이런 학교라면 떨어져도 여한이 없겠다고 생각했다. 차례차례 시험을 치르고 마지막 단계인 수업 실기시험과 최종 면접을 남겨 두고 있었다. 시험 중간에 잠시 대기할 때 3층 시험장을 나와 건물 끝에 있는 발코니로 나갔다. 긴장한 탓인지 시원한 공기가 그리웠다. 밖에는 함박눈이 펑펑 내리고 있었다. 잠깐의 시간이지만 빨간색 벽돌로 지어진 기숙사 건물 위로 흰 눈이 쌓여가는 모습이 어찌나 아름답던지 한참을 바라본 기억이 난다.

그날의 긴장감과 감동을 지금도 잊을 수 없다. 이제 시강과 면접만 잘 치르면 진짜 교사가 될 수 있겠구나라고 생각하니 점점 더 흥분되었다. 한편으로는 최종 2배수(1명 채용이니 나를 포함 2명이 남아있었다.)까지 어렵게 갔는데 여기서 불합격되면 얼마나 아쉬울까 하는 걱정도 있었다.

학원에서 갈고닦은 강의 스킬과 경험이 있었기에 나름대로 시강에는 자신 있었다. 그런데 갑자기 연구부장 선생님이 일본어 교과서를 갖고 들어오더니 이 교과서 6과에 대한 지도안 시험을 치렀으니 시강도 이 단원을 해달라고했다. 그것도 바로 다음 날. 그런데 문제는 그 교과서를 집으로 가져갈 수 없다는 것이다. 교재가 있어야 미리 집에서 연습하고 준비할 텐데 난감했다. 그런데 이게 웬일인가. 연구부장님이 제시한 그 교과서 저자는 대학 동문 선배이자 한양여자대학교 관광통역학과 교수로 재직 중인 유길동 교수님이 쓰신 책이었다. 유길동 교수님은 내가 대학 3학년 재학 시절 시간 강사로 오셔서 한 학기 강의하신 적이 있어 잘 알고 있었다. 워낙 재미와 위트가 있어 열심히 강의를 들었고, 대학 동문 선배이기도 해서 개인적으로 몇 번 만나기도 했다. 당시 내 일본어 일기장을 매번 첨삭해주시기도 했다. 이 얼마나 기막힌 우연인가. 학교에서 나오자마자 바로 공중전화 부스로 달려가 교수님께 전화를 드렸다.

"안녕하셨어요. 저 장희걸입니다. 기억하시나요?"

"어~ 오랜만이네. 어쩐 일로?"

말이 필요 없었다. 일단 시간이 없으니 만나야 했다.

"지금 댁이세요?"

"아니, 내 연구실인데."

"아 그럼 일단 지금 바로 그리로 가겠습니다. 자세한 건 만나 뵙고 말씀드릴게요."

그 길로 한양여자대학으로 택시를 잡아타고 내달렸다.

교수님은 나 때문에 퇴근도 못 하고 연구실에 붙잡혀 있었다.

자초지종을 설명해 드리고,

"교수님이 쓰신 교과서이니 몇 권 갖고 계실 것 아닙니까? 교과서에 딸린 카세트테이프도요. 이번 기회를 반드시 잡고 싶습니다. 도와주세요."

"저길 보게."

교수님이 가리키는 쪽을 바라보았다. 연구실 책꽂이에 나란히 꽂혀있는 바로 그 교과서. 그리고 카세트테이프까지. 너무나도 반가웠다.

교수님은 나에게 6과는 어떤 것을 어떻게 설명해야 하는지와 시강에 있어 주의해야 할 점, 어떤 포인트에서 강조해야 하는지, 카세트테이프는 어떻게 활용해야 하는지 등에 대해 친절하게 알려주셨다. 시강을 앞두고 교과서 저자에게 개인 특훈을 받은 셈이다.

다음날 시강 차례가 임박하여 연구부장님은 교과서를 나눠주셨다. 하지만 난 이미 내용을 모두 파악하고 있었고, 연구부장님에게 카세트가 필요하다고 말씀드렸다. 외국어 교사에 응시한 분 중 카세트를 활용하겠다는 분이 한 분도 안 계셨는지 조금 난감해하셨다. 이윽고 준비된 카세트에 구간을 맞혀 놓은 테이프를 꽂고 시강 교실로 힘차게 걸어 들어갔다.

1996년 12월 28일 저녁 7시 30분.

어머니는 주방에서 저녁 식사를 준비하고 계셨고, 나는 내 방 책상에서 또 다른 학교 지원 서류를 챙기고 있었다.

"따르릉~"

맥슨 무선전화기가 울렸다.

"여보세요."

"안녕하세요. 경안고등학교입니다. 장희걸 선생님이세요?"

"네, 접니다만…"

"저희 학교에 최종 합격하셨습니다. 축하드립니다. 1월 5일부터 신임 교사 연수가 있으니 꼭 참여 바랍니다."

전화를 끊자마자 난 외마디 비명을 지르며 바로 침대 위에 벌러덩 내 몸을 던지고 엉엉 울었다. 얼마나 참았던 그리움이랴, 서러움이랴, 그리고 애달픔이랴…

절실하고 치열하게 뭔가를 갈구해 본 사람만이 알 수 있는 감정이었다. 소위 능력 있고, 돈 있고, 빽 있고, 좋은 스펙과 학벌이 있어 별 실패 없이 취직하는 사람들(요즘은 '금수저'라고 하나?)은 결코 느낄 수 없는 감정. 나의 비명에 놀라 내방으로 뛰어 들어오신 어머님을 부둥켜안고 한참을 울었다. 무엇보다 아버지가 살아 계셔서 더욱 기뻤다. 어머니도 무엇 때문인지 알아채시고는 등을 토닥거리며 나지막이 말씀하셨다.

"장하다. 내 아들. 그동안 애썼다. 넌 분명히 훌륭한 선생님이 될 거야."

어머니의 눈물이 뺨을 타고 내려가 내 어깨 위로 떨어졌다.

이사장실에서 교사 임명장을 받던 날, 난 지금도 또렷하게 기억한다. 여든이 넘은 고령의 이사장님은 신임 교사들에게 이렇게 말씀하셨다.

"내가 이 나이에 무슨 욕심이 있겠습니까? 다만 우리 아이들 열심히 가르쳐 주셔서 인재가 많이 배출되는 명문고 만들어 주시길 바라는 마음뿐입니다."

그때 나는 다짐했다.

'내 젊음과 열정을 이 학교에 바치리라.'

일부이겠지만 아니, 지금은 없다고 믿고 있지만 그 당시 교사를 준비하던 나에게 공공연히 정교사 임용을 대가로 돈을 요구하는 사립학교도 있었으니 그렇게 생각했던 것은 어쩌면 내가 할 수 있는 유일한 보은(報恩)의 방법이었다. 여러 산고(產苦) 끝에 정교사에 합격한 나는 본격적으로 학교 발전을 위해 동분서주했다. 수업, 담임, 일본어 교재 제작, 인재를 모집하기 위한 학교 홍보(당시 안산은 비평준화지역이었다.), 경안고 교사밴드(KTB) 결성, 유명인사 초청 강연(알렉산더 버시바우 주한 미국대사, 만화가 이현세 교수, 김웅 교수, 경희대 김상욱 교수, 지식광대 서해성 교수 등), 각종 방과 후 특성화 프로그램 등 나와 다른 과목까지 오지랖을 넓혀가며 명문고 만들기에 혈안이 돼 부산을 떨었다. 그도 그럴 것이 나같이 돈도 없고 빽도 없는 젊은이를 열정과 실력 하나만 보고 공정한 시험을 통해 정교사로 임명해준 이 학교가 너무도 고마웠기 때문이다.

여담이지만 초대 이사장님은 상당히 여성에 대한 배려와 존중심이 많았던 분 같았다. 부인도 많이 사랑하셨던 같다. 학교법인 이름을 자신의 이름 한 글자와 아내의 이름 한 글자씩 따서 달재학원(達宰學園)이라 지었다.(그래서 기숙사 이름도 달재원이었다.) 그 당시는 남녀합반이 아니고 남학생, 여학생 교실이 각각 6개씩 나뉘어 있었는데 유독 여학생 교실만 바닥이 연두색 우레탄으로 깔려 있어 궁금했다. 알고 보니 여학생들은 치마 교복을 입기에 한겨울 교실 바닥에서 올라오는 냉기를 조금이라도 줄여주고자 처음부터 그렇게 공사했다는 것이다. 이사장님이 아주 가끔 학교를 방문할 때면 사모님과 함께 두 분이 나란히 걷는 모습이 참 보기 좋았다. 그렇게 조용히 방문하셔서 아이들 뛰어노는 모습, 공부하는 모습을 보고 흐뭇해하시며 돌아가시곤 했다.

이렇게 해서 1997년 2월 말. 임시교사로 생활했던 학교를 가볍고 기쁜 마음으로 떠날 수 있게 되었다. 학교의 모든 선생님이 축하 회식도 열어주고 선물까지 챙겨주셨다. 비록 임시교사이지만 그때 1년 6개월 정도의 학교생활은 많은 추억과 경험을 안겨 주었던 것 같다. 고맙게도 적지 않은 학생들이 내 수업을 좋아해 주었고, 학생들 사이에 '희걸파'라는 무시무시한 팬클럽(?)까지 있었다. 심지어 매주 토요일 수업이 끝나면(당시는 토요일도 4교시까지 수업했다.) 희걸파 여학생들이 자신들끼리 임무를 정해 집에서 바리바리 챙겨 온 돗자리, 프라이팬, 상추, 삼겹살 등을 운동장 한편에 세팅해 놓고 날 기다리고 있었다. 그 여학생들이 지금은 중 · 고등학생 자식을 둔 엄마가 돼서 찾아온다. 나에게 신문을 가져다주셨던 당시 최정재 선생님은 교감으로 명예퇴직하셨다. 난 그분을 찾아뵙고 식사를 대접하며 담소를 나누었다. 신문을 내게 가져다주신 날 나 자신과 약속했던 일이다. 참 아련하고 행복했던 추억이다.

3장

교단은 나의 열연 무대

그저 보기엔 엉성하고 구멍이 숭숭 뚫려 금방이라도 무너질 것 같다. 그런데 신기하게도 한 자리에 오래도록 서 있다. 크고 작은 다른 돌들과 서로 맞물려 제주의 거센 바람을 온몸으로 받아내는 것도 신비로운데 그뿐이랴. 거기에 꽃까지 품었다.

못생기고 구멍 뚫린 몸으로 큰바람을 맞이하는 돌담은 크기와 상관없이 자신과 닮은 다른 돌들과 함께 있음으로 흔들리지 않는다. 오히려 흔들리는 것은 돌담 아래 꽃인 것을…

가르친다는 것,
예술인 같은 교사

교직을 이수한 학생들은 반드시 거쳐야 하는 교육실습. 나 또한 두근거림과 걱정으로 교육실습을 나갔던 기억이 있다. 실습을 마치고 나는 아래와 같은 글을 비망록에 남겼다. 거의 30년 전에 써 놓은 글이지만 지금도 그때의 초심을 잃지 않으려 가끔 들쳐 보곤 한다.

교육실습을 돌아보며…

교직과정의 꽃이라 할 수 있는 한 달간의 교육실습이 모두 끝났다. 돌이켜 보면 뭔지 모를 아쉬움이 나를 아련한 감동으로 이끄는 것 같아 미소 짓게 된다. 너무나도 짧게만 느껴졌던 한 달. 그 안에는 기쁨, 사랑, 보람, 슬픔 등과 같은 감정과 추억들이 나의 젊음과 열정으로 점철되어 있었다. 지금 내 앞에는 학생들이 써 준 편지가 놓여있다. 헤어짐을 아쉬워하며 한 글자 한 글자 써 내려간 정성 어린 마음들을 바라보며 잔잔하게 밀려오는 추억을 떨어뜨려 본다.

3월 말까지만 해도 난 교육실습이란 단어가 마음에 와닿지 않았다. 물론 4학년이 돼서 교직을 이수한 학생이라면 누구나 거쳐야 할 과정이라지만 말로만 듣던 교생이라는 단어는 생소하게 들렸고, 미지의 세계를 떠나는 탐험가의 마음이랄까? 뭔가 알 수 없는 부담감과 설렘이 나를 꽉 채우고 있었다. 더구나 5월에 대학교에서 지정해 주는 학교로 나가는 동기들과 달리 한 달 먼저 4월에, 그것도 모교로 실습을 나가게 되었기에 더욱 그랬던 것 같다. 나는 모교의 후배들을 위해 뭔가 한 가지라도 남겨주고 싶었고 나의 능력도 시험해 보고픈 마음이었다. 그런데 맨 처음 학생들 앞에 섰을 때의 당황스러운 모습과 어리둥절한 나의 모습은 지금까지도 잊히지 않는다.

한 주 한 주를 보내면서 점차 적응이 되어갔으며 3주째 들어서서야 현직 선생님들의 업무와 학생들의 분위기, 학교의 전반적인 사항이 눈에 들어오기 시작했다. 오전 7시 30분 보충수업을 시작으로 저녁 10시 15분 야자가 끝날 때까지 학교에 남아 공부하는 학생들을 보며 교육 상황을 현실감 있게 체험할 수 있었다. 꽉 짜인 틀 속에 자기 자신을 짜 맞추어 생활하는 학생들을 바라보면서 나 또한 그들과 똑같은 과정을 겪은 선배이지만 안타까운 마음을 금할 길이 없었다. 또한 밤낮으로 학생들과 함께하며 학습지도뿐만 아니라 학급경영, 생활지도, 기타 잡무까지 맡아가며 정열을 불사르고 계신 선생님들의 노고를 새삼 느낄 수 있었다.

내가 고등학생 때 바라보던 선생님에 대한 느낌이나 생각과는 많이 달랐다. 교육실습 마지막 날 총평회 시간에 나는 여러 선생님들께 "교사란 예술인과 같은 존재라고 생각됩니다."라고 말했다. 그 이유는 어떤 예술인이든 작품에 임하는 마음은 맑고 순수하며, 그 작품이 완성될 때까지 정열적으로 자신의 혼을 불사르기 때문이다. 그리고 아름다운 작품을 완성해 가는 인고(忍苦)의 시간 속에서 기쁨과 행복을 느끼기 때문이다. 한 작품을 완성하기까지 온 정열을 다해 작업에 임하는 예술인의 마음이야말로 교사의 마음이 아닐까?

교단이라는 조그마한 무대 위에서 자신의 혼을 태우며 보다 인간다운 인간을 만들어내기 위한 선생님들의 열연(熱演)은 비록 한 달이라는 짧은 시간이었지만 나를 감동시키기에 충분했다. 그러나 이러한 정열만이 훌륭한 수업을 진행하는데 충분조건이 될 수 없다는 것 또한 깨닫게 되었다. 4주의 실습 기간 동안 총 35회

수업을 진행하면서 교사의 열정만으로 완전한 수업이 이루어지기란 여간 어려운 작업이 아니라는 생각이 들었다. 그전까지 나는 교사가 열심히 준비하면 어떤 학생들이라도 잘 따라와 줄 것이라 주제넘게 믿고 있었다. 하지만 좋은 수업이란 열정을 바탕으로 한 철저한 학습지도 준비도 당연하겠지만 학생들의 마음자세, 그 밖의 여러 요소들이 하나로 이루어질 때만이 비로소 훌륭한 수업을 진행할 수 있다는 것을 실제 수업을 통해서 깨달을 수 있었다.

또한 교사는 수업뿐 아니라 학급경영과 생활지도 등 수업 이외의 수많은 업무와 임무가 주어진다는 사실도 알게 되었다. 따라서 끊임없는 교과 연구로 많은 지식을 보다 쉽고 재미있게 학생들에게 가르치는 일도 중요하지만 동료 교사와의 소통과 협업을 통해 학교 업무를 원활하게 수행할 수 있도록 해야 할 것 같다. 그리고 학생을 대함에 있어 수동적일 것을 강요하거나 권위주의적인 면만 내세워 학생들로부터 존경받지 못하는 교사가 되지는 않으리라 마음먹었다. 그리고 내가 처음 교사가 되고자 했던 이유, 즉 '일본이라는 나라를 넘어서는 것'에 그치지 않고 성숙한 사회인으로서 세계를 이끌 수 있는 인재를 만들어 보자는 보다 큰 목표가 생기게 되었다.

예비 교사였지만 하루하루 실습하면서 학생들의 성장 과정에 직접 뛰어들어 함께 고민하고 공부하며 지식 전달까지 해야 하는 교사야말로 이 시대의 진정한 예술혼을 지닌 예술인들이 아닐까라는 생각이 자주 들곤 했다. 자신의 작품이 많은 사람들에게 인정받고 영감과 감동을 줄 때 예술인은 가장 행복하다. 그러므로 나 또한 그런 예술인의 흉내를 조금이나마 내본다는 마음으로 실습에 임했다. 실습 기간 내내 거의 매일 오전 7시에 출근하여 밤 10시 15분까지 근무했으며 많은 선생님들께 부탁하여 수업을 참관하였고, 가능한 한 많은 학생들과 상담하며 그들의 고민을 듣는 등 하나라도 더 느끼고 경험하려고 부단히 노력했다. 그랬기에 마지막 수업이 있던 날 가슴속 깊은 곳에서 솟아나는 뜨거운 감정을 느낄 수 있었던 것 같다. 이것은 그 어떤 만남과 이별에서 오는 감정보다도 순수하고 깨끗한 감정이며 선생님과 학생 사이에서만이 느낄 수 있는 고귀한 감정인 것 같았다.

무엇을 '가르친다'는 것은 그 말 자체에 이미 '배운다'는 의미를 동시에 함축하고 있다고 생각한다. 흔히 인생은 끊임없는 배움의 연속이라 한다. 그렇다면 배움의 현장에 있는 교사야말로 인생을 재미있고 멋있게 살아가는 예술인이 아닐까? 국어, 외국어, 과학, 정치, 경제, 사회, 문화, 예체능 등 각 분야의 전문가들이 모두 한 공간에 함께 있으니 말이다. 나 또한 짧은 지식이었으나 학생들에게 전달하려고 노력하는 과정과 다른 선생님들로부터 많은 지식을 얻게 되고 동기부여도 받을 수 있었다. 비록 충분한 시간적 여유는 없었지만 내 나름대로는 알찬 교육실습이었다고 생각한다. 바람이 있다면 단순한 지식 전달자가 아닌 인생의 선배로서 그들에게 오래 기억되고 싶은 마음이다. 그리고 그들이 만나게 될 사회 또한 정신없고 각박스럽겠지만 서로가 서로에게 도움줄 수 있는 인간적인 유유함을 잃지 않았으면 한다. 언젠가 시간이 흐른 후에 우연히 다시 만나도 그들은 날 '선생님'이라 불러줄 사실이 얼마나 감사하고 고마운 일인가.

한 달간의 교육실습 기간은 이처럼 학문적으로나 인격적으로 많은 성숙과 경험을 갖게 해 주었고 그동안 배워 온 교육 이론을 조금이나마 현장에서 적용해 보는 기회였던 것 같다. 그뿐만 아니라 나 자신에게도 좋은 경험과 자양분이 되어 주리라 믿어 의심치 않는다. 왜냐하면 인생 그 자체가 '교육'이고 '배움'이기 때문이다. 언젠가 멋진 작품을 만들어 보려고 열정을 불사르는 예술인 선생이 되어 있을 나를 상상해 본다. 왠지 기분이 좋아진다. 끝으로 무사히 교육실습을 마칠 수 있도록 현장에서 많은 도움을 주신 대일외국어고등학교 선생님들께 다시 한번 감사의 마음을 전하고 싶다.

이때만 해도 정말 내가 교사가 될 수 있을지는 확신이 없었다. 공립학교 임용시험은 몇 번씩 떨어지는 것이 당연할 정도로 경쟁률이 치열하고, 사립도 공정한 시험을 통해 교사를 채용하는 곳도 있지만 재단 빽이 있거나 엄청난 돈을 주어야 들어갈 수 있다는 말이 공공연히 떠돌던 때였다. 이 글을 쓸 당시에는 그냥 상상만 했을 뿐인데 30년이 지난 후 정말 교사가 되어 이런 글을 쓰고 있다니 참으로 감회가 새롭다.

매년 5월이 되면 교직을 이수한 제자들이 교생실습을 하기 위해 학교를 찾아온다. 난 그들을 보며 예전에 내가 그랬던 것처럼 많은 것을 느끼고 돌아가길 간절히 소망한다. 그래서 하나라도 더 가르쳐 주고 싶다. 그리고 늘 그들에게 말한다.

"교직을 알기 위해 한 달은 너무나도 짧은 기간입니다. 가능한 많은 것을 경험하고 느껴보세요. 그리고 난 후 정말 이 길이 내가 가야 할 길인가 고민해 보세요. 수업 스킬도 중요하지만 여러분이 왜 교사가 되려 하는지, 진정 교사라는 직업이 나의 적성에 맞는 것인지 진지하게 고민해 보는 한 달이었으면 합니다."라고.

그런데 정작 지금 나는 그때의 결심대로 정말 예술인 같은 교사가 되어 있는 걸까?

우리 반은 외인구단

1998년은 남학생들과의 어우러짐으로 점철된 한 해였다.

1997학년도가 끝나갈 무렵 나는 교직 인생에서 처음 담임을 맡게 된 학급 1학년 12반 여학생 귀요미들과의 아쉬운 작별에 너무 마음 아파하고 있었다. 누구나 그렇듯이 첫 담임 반은 아마 평생 잊지 못할 것이다. 그래서 새롭게 남학생반 담임을 맡게 된다는 것이 왠지 부담되고 내키지 않는 심정으로 1998년을 시작하고 있었다. 그도 그럴 것이 임시교사(기간제 교사)로 근무했던 학교가 여고였고, 경안고에서의 첫 담임도 여학생반이라 남학생 지도 경험이 없었기 때문이다. 2월에 이르러 남학생반(2학년 1반) 담임을 배정 받은 나는 3월에 녀석들과 교실에서 첫 대면을 할 수 있었다. 덩치들이 산만한 녀석들과 처음 대면하는 순간, 보이지 않는 긴장감이 맴돌았다.

새로 접하게 된 남자들만의 세계. 이제 '이 반을 어떻게 끌어가야 하는가'라는 생각이 무겁게 머리를 누르고 있었다. 뭔가 지금까지와 다른 버전을 세팅해야 했다. 전년도의 경험을 바탕으로 다시 한번 멋진 반을 만들어 보리라 결심하고 새로 받은 교무수첩을 힘껏 움켜쥐었다. 2학년 문과 남학생반. 아마 교직 경험이 있는 사람들은 이 말이 무엇을 의미하는지 잘 안다. 2학년에서 제일 성적이 낮고 말썽꾸러기 학생들이 몰려 있는 학급이었다. 자신들이 학교에서 인정 못 받는 열반이라는 생각에 자존감이 상해 있었다.(당시에는 우열반이라는 것이 있었다.) 하지만 막상 교실에서 만나는 순간, 그 긴장감 속에는 마냥 미워할 수 없는 그 무언가가 반 분위기 속에 녹아 있었고 순수함이 있었다. 예감이 좋았다.

우선 성적이 낮은 편이므로 어떻게든 내신을 높이는 데 총력을 기울여야겠다고 생각했다. 두 번째로 단합을 도모하고 고교 시절에 잊지 못할 추억을 만들어 주어야겠다는 목표를 세웠다. 뭐니 뭐니 해도 '할 수 있다'는 자신감을 심어주는 것이 급선무였다. 각 학급 임원들의 업무 분장부터 학생상담, 자체 영어단어시험 계획, 자율적 자리 배치, 학급 학부모회 결성에 이르기까지 학기 초 담임 업무로 정신없이 3월을 보내고 있었다. 하지만 나만 열심히 뛰고 있는 느낌이랄까. 녀석들은 새로운 담임을 이미 다 파악했다는 듯이 1학년 때처럼 산만하고 자기들 멋대로 행동했다. 뭔가 계기가 필요했다.

1998년 3월 19일. 나는 학생들에게 19시 정각까지 체육복 차림으로 운동장에 전원 집합하라는 명령(?)을 내렸다. 당시는 아침 7시 20분 보충수업부터 시작해서 오후 6시까지 수업을 듣고, 저녁 7시부터 밤 11시까지 전원 학교에 남아 야간자율학습을 하던 시기였다. 그런데 아뿔싸 내가 운동복이 없었다. 어쩔 수 없이 정장 바지에 와이셔츠 차림으로 신발만 운동화로 갈아 신고 운동장으로 나갔다. 19시가 되자 다소 어리둥절한 모습으로 아이들이 모였다. 이미 날은 어두워져 있었다.

"지금 이 순간부터 난 너희들과 운동장을 함께 뛴다. 몇 바퀴를 뛸지는 정하지 않았다. 뛰다가 힘들면 운동장 스탠드에서 잠시 쉬어도 된다. 하지만 잠시 쉬는 것이지 아예 포기하라는 말은 아니다. 친구들이 뛰고 있다면 다시 대열로 들어오너라."

몇몇 학생들이 피식 웃었다. 그도 그럴 것이 누구보다 운동을 좋아하는 녀석들이 많았다. 체대 입시를 생각하는 학생도 여럿 있었다. 그러니 운동장 몇 바퀴 뛰는 것쯤이야 그들에겐 일도 아니었다. 더군다나 하기 싫은 야자(야간 자기주도학습)를 안 하고 밖에서 뛴다니 오히려 은근히 좋아하는 눈치였다.

한 바퀴, 두 바퀴, 세 바퀴, 네 바퀴….

몇 바퀴 뛰고 말겠지라는 생각이었는지 처음에 웃던 녀석들도 계속되는 구보에 점점 진지해져 갔다. 정장 바지와 와이셔츠 차림으로 자신들과 함께 뛰고 있는 내 모습을 보며 장난기 어린 모습은 차차 없어져 가고 있음을 느낄 수 있었다.

그렇게 뛰기를 1시간 30여 분. 내 바지와 와이셔츠는 땀으로 범벅이 되었다.

도중에 대열에서 이탈하여 토하는 녀석, 뒤로 처지는 녀석, 더워서 웃옷을 다 벗어던지는 녀석 천태만상이었지만 전체 대열은 끝끝내 흩어지지 않았다. 중간에 잠시 주저앉았다가 다시 대열에 합류하는 녀석은 있어도 아예 포기하는 녀석은 한 명도 없었다. 나 역시 무척이나 힘들었지만 이를 악물고 뛰었다. 아직 추위가 가시지 않은 3월 저녁 밤. 어둑어둑해진 학교 운동장을 우리는 그렇게 달리고 있었다. 난 그때 처음으로 확신을 가질 수 있었다.

'아~ 잘 따라와 줄 녀석들이군.'

몇 바퀴를 뛰었는지 모르지만 지쳐서 모두 기진맥진해 있을 때 운동장 끝에서 교사(校舍) 쪽을 향하게 일렬횡대로 세워놓고 우리 반 교실을 바라보게끔 하였다. 다른 반은 다 불이 켜져 야간 자율학습을 하고 있는데 4층 제일 첫 번째 교실인 우리 반만 까맣게 불이 꺼져 있는 모습을.

"자. 마음이 어떠하냐. 화가 나지 않나? 이렇게 남들은 밤을 낮

삼아 공부하고 있는데. 앞으로 우리 반도 저 대열에 열심히 동참하자. 그리고 지금처럼 포기하지 말자. 알겠나?"

"네. 알겠습니다!"

그냥 대답이 아니었다. 자기들도 뭔가 느꼈기 때문에 나오는 대답이란 걸 알 수 있었다. 20분 동안 젖은 몸을 정비하게 하고 나도 몸을 추스르러 교무실에 들어와 숨을 가다듬고 있었다. 그때 반장 녀석이 교무실로 찾아와 학급 임원들끼리 회의를 하겠다고 보고했다. 왠지 속으로 흐뭇했다. 자기들끼리 마음을 다지는 작업이니 일단 성공이었고, 처음으로 남학생들이 나에게 마음을 열게 되었기 때문이다.

나중에 안 사실인데 어두운 운동장에서 구령하며 한창 구보하고 있을 때, 그 소리가 교장실까지 들렸던 모양이다. 교장선생님은 교무부장에게 물어보셨다.

"교무부장. 저 소리가 뭐요?"

야간 자율학습시간에 아이들 공부는 안 시키고 운동장에서 뛰고 있다고 한다면 분명 해당 담임에게 불호령이 떨어질 것을 잘 알고 있었던 교무부장님은 이렇게 대답했다고 한다.

"네~ 인근 소방서에서 야간 훈련을 하나 봅니다."

우리 학교 근처에는 정말로 소방서가 있다.

4월은 관내 외국어 경시대회에 참가할 학생을 선발하는 교내 경시대회 준비로 꽤 바빴던 것 같다. 그리고 4월 말에서 5월 초에 걸쳐 첫 번째 중간고사를 보게 되었다. 아니나 다를까 학급 등위는 2학년 전체에서 최하위였다. 나는 항상 그랬듯이 서두르지 않았다. 자신들은 소위 '찐따 인생'이라며 시무룩하게 풀이 죽어 있는 녀석들에게 "걱정 말아라. 앞으로 올라가면 될 것이 아니냐."라고 격려했으나 아무리 공부해도 안 된다고 생각할까 봐 내심 걱정했던 것도 사실이다.

1998년 6월 27일은 교내 합창대회가 열리는 날이었다. 1, 2학년 전체가 처음 실시하는 합창대회에 입상하기 위하여 한 달 내내 꽤 학교가 들썩거린 것으로 기억된다. 야간 자율학습 시간에 빈 특별실은 찾아보기가 어려울 정도로 합창 연습에 다들 열을 올리는 분위기였다. 솔직히 나는 별 관심이 없었다. 음악에 대해서는 아는 게 없었고, 더군다나 합창이라면 여학생 학급이 유리한 것은 불을 보듯 뻔한 이치였다. 반가(학급 자유선택곡) 한 곡에 지정곡 한 곡. 총 2곡이었다. 반가는 내가 학급 단합을 위해 군 복무 시절 가장 좋아했던 〈세월의 보초〉라는 군가를 개사한 것이니 합창대회 곡으로는 어울리지 않았고 지정곡은 자유라지만 수준 있는 노래라야 할 것 같았다. 며칠간 고심 끝에 나는 학생들에게 말했다.

"우리는 합창대회에 참가는 하지만 입상을 목표로 준비하지는 말자. 결과보다도 과정이 중요하다는 것은 진리이므로 이를 통해 우리 반이 하나가 될 수 있는 계기로 삼고 싶다. 또한 열심히 준비하여 우리만의 추억을 만들면 그만이다. 그날은 우리같은 학생도 경안에 있다고 모두에게 알리는 날이 될 것이다."

자기들도 입상은 무리라고 생각했던지 나의 제안에 흔쾌히 따라 주어 그때부터 밤이고 낮이고 노래 연습, 퍼포먼스, 화음, 반주 연습 등이 이어졌다. 비록 공부 잘하는 반은 아니지만 이렇게 뭔가 열심히 하려고 노력하는 학급도 있다는 것을 보여주기 위한 몸부림이었다. 다른 반의 연습 장면을 볼 수 없도록 하기 위한 특별실 쟁취전도 뜨거웠다. 초여름에 학생들의 열기가 더해져 꽤 더웠던 것으로 기억된다. 이윽고 6월 27일 토요일 전교생이 강당에 모였다. 지휘는 내가 직접 맡아 무대에 학생들과 함께 올랐다. 열심히들 준비했다. 따라서 이 순간 우리는 어떤 두려움도 부담도 없었다.

"일동~ 반동 준비!"

"얍!"

"반동 시~작!"

"반동 간에 반가 한다. 반가는 '그 누가 공부를' 반가 시작. 하나 둘 셋 넷!"

"그 누가 공부를 좋아하련만
이제 와서 포기하면 사내 아니다.
꽃다운 청춘을 내 꿈에 바쳐
이슬처럼 사라진 들 한이 있으랴~.
그 누가 우리를 몰라주어도
너와 나는 큰 뜻을 이뤄내리라."

진정 미약하나마 존재를 알리고 말겠다는 의지로 화음이고 뭐고 없이 군대식으로 율동하면서 목이 터져라 불러재꼈다.

노래도 끝났고 지휘도 끝났다. 예상치 못한 군가 버전 노래가 나오자 어리둥절했는지 잠시 객석이 조용했다. 그러고는 바로 우레와 같은 환성과 박수 소리가 내 뒤에서 전해졌고 우리는 무대에서 내려왔다.

2시간이 다 되어서야 합창대회는 끝났고 등위를 발표하는 순간, 나는 내 귀를 의심하지 않을 수 없었다. 우수상이었다. 전체 등위 2등. 정말 기적 같은 일이었다. 아이들과 함께 기뻐하며 난생처음으로 헹가래를 받았다. 무엇보다도 할 수 있다는 신념을 느끼게 해 준 것이 제일 기뻤다. 다음 달에 있을 기말고사 성적이 벌써 궁금해지는 순간이었다.

7월에 이르러 본격적으로 기말고사를 향해 뛰기 시작했다. 반

평균 성적으로 꼴찌만 면한다면 우리 반 모두 아버지가 계신 단양으로 2박 3일 동안 체험학습(도담삼봉, 고수동굴, 소백산 등정, 계곡 고기잡이 등)을 데려가 주겠노라 약속했다. 학생들은 그동안 얻은 자신감을 배경 삼아 열심히 준비하는 기색이었다.

"난생처음 내 자식 놈이 밤늦게까지 공부하는 모습을 보았습니다. 선생님 감사합니다."라는 전화까지 학부모에게 받았으니 실로 단양에 가고 싶은 마음이 어떠했겠는가는 짐작이 가능했다. 그러는 와중에 우리 반 엄상기라는 녀석이 너무나도 짝사랑하는 여학생이 있다는 사실을 알게 되었다. 난 상기가 좋아하는 여학생을 불러 앉혀 놓고 이야기를 꺼냈다.

"우리 반 상기라는 남학생이 있는데 혹시 알고 있니?"

"네. 이동수업 때 몇 번 봐서 알아요."

"쌤이 이런 말 하는 게 좀 이상하게 들릴지 모르겠는데 상기가 널 너무 많이 좋아한단다."

"네?"

당황하고 놀래는 표정이 역력했다.

"너는 상기를 어떻게 생각할지 잘 모르겠는데 쌤이 보기엔 참 괜찮은 녀석이다. 그런 녀석이 너 때문에 공부도 잘 안된다고 하더구나. 부탁이 있는데 진짜로 둘이 사귀라고 하는 건 아니고 네가 상기에게 편지 한 장 써 줄 수 없겠니? 그냥 열심히 공부하라고. 친구 차원에서. 그럼 상기도 마음잡고 힘을 낼 수 있을 것 같은데…"

난 편지의 위력을 잘 알고 있었다. 여학생은 황당한 표정이었지만 나의 현란한 말솜씨(?)와 간절한 눈빛에 그만 이내 알겠다고 하고 일어났다. 그러고는 며칠 후 예쁜 편지 봉투에 담겨 있는 손 편지를 내게 건넸다. 시험 결과가 나오기 전까지는 상기에게 비밀로 하기로 서로 손가락까지 걸고 약속했다. 그러면 안 되는데 난 살짝 편지를 읽어 봤다. 혹시나 상기에게 상처가 될만한 내용이면 아예 건네지 않기 위함이었다.

"(중략…)

네가 날 좋아한다는 말을 담임 쌤한테 들었을 때는 좀 황당하고 놀랐는데 기분은 나쁘지 않았어. 누군가 날 좋아한다는 사실이 조금 설레고 기분도 좋았던 것 같아. 상기야 공부 열심히 해서 이번 기말고사 성적 많이 올리길 바래. 그리고 친한 친구사이로 지내자.

(중략…)"

뭐 대충 이런 내용이었다. 편지를 잘 보관해 두고 상기를 불렀다.

"상기야. 선생님 말 잘 들어 보거라. 민정이를 내가 따로 만났단다. 그래서 네가 얼마나 좋아하는지 이야기해 줬지."

"네? 왜요?"

"얘기 끝까지 들어봐. 민정이가 싫은 표정은 짓지 않았다. 다만 네가 일단 공부를 열심히 해서 뭔가 해내는 모습을 보여주면 자기에 대한 마음이 얼마나 간절한지 알 수 있을 것 같다더라. 네가 목표 점수를 이루면 내가 반드시 민정이에게 편지를 쓰게 해서 네게 가져다주마. 너와 친구가 될 수 있도록. 약속할게."

이미 난 민정이의 편지를 받아 둔 상태였다.

"진짜요? 몇 점을 받으면 돼요?"

"전과목 평균 70점. 네가 민정이를 생각하는 마음이 얼마나 간절한지 한 번 보여다오."

"네. 할게요. 반드시 할게요. 그러니 선생님도 꼭 약속 지키세요. 민정이 편지 꼭 받을 수 있도록요."

지금 생각해 보면 왜 그렇게까지 했는지 나조차도 이해가 안 가지만 그 여학생을 이용(?)해 상기의 성적을 올릴 수 있다고 생각했다. 반 평균에도 도움이 될 터였다. 또 다른 한편, 난 나대로 교장 선생님께 단양 체험활동 허락을 받아내기 위해 동분서주했고 몇 번의 반려 끝에 어렵게 결재를 얻어낼 수 있었다.

기말고사 성적 결과가 나오던 날. 그날의 흥분을 잊을 수가 없다. 0.02점 차이로 다른 반을 앞서 꼴찌를 면한 것이다. 약속대로 성적을 올렸고 단양을 가게 되었다는 사실에 학생들은 기뻐 날뛰었고, 난 또 한 번 아이들에게 작지만 성취감과 자신감을 심어 준 것이 기뻤다. 그리고 상기… 상기의 성적이 너무 궁금했다. 상기의 개인 성적표부터 확인했다. 전 과목 평균 69.5점. 0.5점 차이로 70점이 안 되었다. 나는 그전에 잘 보관해 두었던 민정이의 편지를 양복 안 주머니에 숨기고 상기를 불렀다.

"몇 점 나온 것 같아?"
"잘 모르겠어요. 70점 넘은 것 같기도 하고, 아닌 것 같기도 하고…"
"69.5점이다."
"……"

상기는 고개를 푹 떨구었다. 너무 아깝고 아쉬워하는 표정이 역력했다. 나는 안 주머니에 있던 편지를 상기 앞으로 내밀며 말했다.

"상기야. 목표 점수 70점은 안됐지만 너 이거 받을 자격 있다. 사실 내가 미리 민정이에게 받아 놓았지. 성적 많이 올린 건 사실이니까. 그만하면 됐다. 애썼다. 나랑 같이 단양 가자."

상기는 예상치도 못한 편지와 나의 멘트에 감격한 듯 한동안 편지를 들고 바라보기만 했다. 감동하고 있는 것이 틀림없었다. 그 후

상기와 민정이가 친한 친구가 된 것은 확실한데 정말 사귀게 되었는지는 잘 모르겠다. 더 이상 알려고 할 필요도 없었다.

8월 초, 비가 억수같이 쏟아붓는 날씨 속에서 드디어 단양 행을 강행하였다. 비로 인해 취소시킬 수도 있었으나 어디까지나 약속이었고 노력한 과정의 결과는 반드시 온다는 믿음을 심어주고 싶은 마음에 강행하기로 했다. 악천후로 인해 계획대로 진행하지는 못했으나 많은 추억이 있었던 2박 3일간의 여행이었다. 유스호스텔 숙박, 도담삼봉 견학, 야간 살인 축구, 소백산 비로봉 정상 등반, 계곡 고기잡이 대회, 잡은 물고기로 내가 아이들에게 들통에 끓여준 매운탕, 사인암 견학, 조별 장기자랑 등 비를 맞으면서도 아이들은 너무 신나 있었다. 지금 같으면 이런 여행(학급담임이 인솔하여 자체적으로 방학 때 여행 가는 것)은 꿈도 못 꿀 것 같다. 왜냐하면 '아이들 안전을 확보하는 대책을 내놔라.', '학부모들에게 사고가 발생해도 감수하겠다는 확인서를 모두 받아라.', '체험학습 비용에 대한 모든 영수증을 챙겨 보고하라.', '예상치 못한 학부모 민원에 대한 대책을 강구하라.', '체험학습기간 학습에 관련된 자료를 사전에 만들고 추후에 보고서를 작성하여 제출하라.' 등으로 가기 전부터 진이 빠져버린다. 결국 이런저런 이유로 결재가 나지 않을 것이다.

그때만 해도 담임이 알아서 모든 것을 책임지고 추진하는 자율적인 분위기였다. 영수증을 일일이 챙길 필요도 없었으며 보고서 작성도 필요 없었다. 단합과 추억을 위한 여행인데 무슨 보고서가 필요하단 말인가. 비용도 내가 학부모님들에게 취지를 설명하고 사전 조사를 바탕으로 반 인원수로 나눠서 지불했다. 아무튼 멋진 추억을 품고 여행에서 돌아왔다. 그리고 2학기 중간고사와 기말고사에서도 우리 반은 작지만 성적 향상을 이뤄냈다. 나는 이에 대한 보상으로 시청각실에서 피자 파티와 떡 파티를 하며 승자(?)의 여유도 느낄 수 있었다.

IMF 금융위기로 인해 많은 사람들이 고통받고 방황하는 시기였음에도 불구하고 난 교사로서 아이들과 기쁨을 나눈 일이 많았으니 얼마나 감사하고 고마운 일인가. 당시 매스컴에 인기직업 순위 1위로 오른 교사라는 직업을 보면서 내가 얼마나 감사한 직업을 갖고 있는가를 또 한 번 느낄 수 있었다.

아프냐? 나도 아프다!

1999년 1학년 9반 여학생반을 담임할 때 일이다. 당시는 크고 작은 체벌이 종종 있었던 때였다. 지금이야 상상조차 할 수 없는 일이지만 일단 담임을 맡게 되면 처음에 확실하게 반을 이끌어 가기 위해서 학기 초에 아이들을 무섭게 다루지 않으면 안 된다는 분위기가 만연했다. 교사들은 담임에 배정되면 하나같이 무섭게 아이들을 다루었다. 그래야 순조롭게 지도할 수 있고 1년이 편할 수 있다는 선배들의 조언 때문이다. 조 · 종례 시간은 그야말로 공포의 시간이 되기 일쑤였다.

전날 어느 반 누가 야자를 땡땡이쳤다느니, 어느 반 야간 자율학습 참여 인원이 가장 낮다느니, 아침 교문 지도에서 어느 반 학생들이 가장 많이 복장 위반에 걸렸다느니 이런 이야기들이 출근하자마자 담임의 귀에 들어온다. 그리고는 교장 선생님이 그러한 통계를 반별로 비교해가며 교직원 조회 시간에 노발대발하셨다. 그러면 각 담임은 자신의 학급으로 들어가 소위 한따까리(단체 기합)하고 일과를 시작하게 된다. 마치 군대에서 대대장에게 깨지면 소대장들은 소대원을 기합주고, 소대원들은 고참이 쫄다구들을 모아놓고 기합을 주는 것처럼. 또 일과시간에 학생이 어떤 잘못을 하게 되면 종례 시간은 담임에게 혼나는 시간이 되기 일쑤였다.

담임들은 부모처럼 이런 말 듣는 것이 가장 기분 좋다.

"어머. 선생님 반 은영이가 너무 예뻐요. 어쩌면 그렇게 수업 시간에 열심히 듣는지 모르겠어요."

"선생님 반 수업 분위기가 제일 좋아요. 어떤 반은 수업 시간이 다가오면 짜증부터 나는데 선생님 반은 미리부터 기분이 좋아진다니까요."

"어떻게 학급을 운영하시길래 아이들이 그렇게 단합이 잘 돼요?"

"선생님 반은 아이들이 참 밝은 것 같아요. 수업 시간에 아무 반응 없는 공부 잘하는 반보다 공부는 좀 못해도 선생님 반 아이들처럼 반응 잘해주는 반이 훨씬 수업하기 좋아요."

하지만 반대로 이런 말을 들으면 너무 속상하고 화가 났다.

"선생님 반 수업하기가 제일 힘들어요. 왜 그렇게 아이들이 반응이 없어요?"

"선생님 반 창진이 때문에 제가 너무 힘들어요. 도대체 수업 시간에 가만있지를 않아요. 맨날 불평만 하고. 그 반 수업만 하고 나면 진이 다 빠지는 것 같아요."

"오늘 선생님 반 수업에 들어갔는데 웅기가 또 딴짓하다 저에게 혼났어요. 그 아이 수업 시간에 자주 그래요. 담임 쌤이 혼 좀 내주세요."

"선생님. 용해 이 녀석 선생님 반 맞죠? 이 녀석이 글쎄 담배 피우다 나한테 딱 걸렸어요. 담임이시니까 쌤한테 넘길게요. 지도 좀 해주세요."

그렇기에 담임들은 자기 반 학생이 다른 교사들에게 지적받지 않기 위해 엄하게 훈육했고, 만약 다른 교사들에게 지적받으면 더 크게 혼냈다. 마치 내가 어렸을 때 학교 선생님에게 혼나고 집에 들어오면 어머니가 더 크게 혼냈던 것처럼. 그것을 잘 아는 학생들은 잘못해서 혼나면 바로 그 선생님한테로 달려가 "선생님. 제발 저 혼난 거 우리 담임 쌤한테는 말씀하지 말아 주세요. 담임 쌤 알면 저 죽어요.(ㅠㅠ)"라고 사정할 정도였다. 나 역시 그런 담임 중의 한 명이어서 내 수업이 없는 공강 시간이면 가끔 우리 반 교실로 찾아가 아이들이 수업을 잘 듣고 있는지, 지정석을 자기 마음대로 옮겨 친구와 잡담하고 있지는 않은지, 선생님 수업은 안 듣고 딴짓하고 있지는 않은지 등을 확인해 보곤 했다.

그러던 어느 날. 우리 반 교실 쪽으로 가고 있는데 교실 앞 복도로 한 명씩 나와 교과 담당 선생님에게 매 맞는 장면이 눈에 들어왔다. 순간 '아~ 이 녀석들이 수업 시간에 또 뭔가 잘못해서 단체로 혼나는구나.'라는 생각이 머리를 스쳤다. 가까이 가서 1명씩 복도로 불려 나와 매 맞는 모습을 한동안 지켜봤다. 지켜볼 수밖에 없었다. 그 상황에서 내 수업 시간도 아닌데 혼내시는 교과 담당 선생님께 그만 혼내시라고 말할 수는 없는 일이다. 학생들도 내가 지켜보고 있다는 것을 알아차리고 꽤 놀란 눈치였다. 교실 앞문으로 나와 매를 맞고 다시 뒷문으로 들어가면서 일부러 더 아파하는 것처럼 행동했다. 그래야 종례 시간에 조금이라도 덜 혼날 수 있다고 생각한 것 같다. 그런데 참 이상했다. 평소 같으면 분명 화가 나서 '이 녀석들 종례 시간에 보자. 내가 그렇게 다른 선생님들에게 혼날 일 만들지 말라고 했건만. 또 수업 시간에 지적받고 혼나기까지 하고. 혼쭐을 내줘야지.'라고 생각하고, 어떤 벌로 정신 상태를 고칠까 고민했을 텐데 왠지 그때는 애처로웠다. 일부러 내 앞에서 더 아파하는 모습도 애처로웠고 안타까웠고 안쓰러웠다.

한동안 아무 말 없이 지켜보다가 그냥 교무실로 내려왔다. 그리고 생각했다. 혼내는 것만이 능사가 아닐 것 같았다. 마음이 좋지 않았다. 우리 부모님도 지금 나와 같은 마음이었을까? 자식이 학교에서 선생님께 매 맞고 들어왔을 때 어머니는 담임선생님께 전화를 걸어 "잘~혼내셨습니다. 선생님 감사합니다."라고 말했지만 막상 매 맞은 자국을 볼 때면 자식을 혼내면서도 마음은 애처롭고 안쓰러워하셨을 것 같다는 생각이 들었다.

종례 시간이 되었다. 평소처럼 잔뜩 화난 얼굴로 교실에 들어갔다. 아이들은 바짝 쫄아 있었다. 그래서인지 그날은 평소답지 않게 아주 조용하고 예쁘게들 앉아 있었다.

"종례를 시작한다. 가정통신문 학부모 동의서 안 가져온 사람 내일까지 꼭 가져오고. 란이는 오늘 깜박한 진료확인서 내일 꼭 챙겨와. 다음 주 교내 백일장 있으니까 미리미리 준비들하고. 참, 이번 주까지 급식 신청해야 한다."

아이들은 내가 뭐라 말만 하면 끝나기가 무섭게 아주 큰 소리로 "네~."하고 대답했다. 조금이라도 담임선생님께 잘 보이려는 애교였을 게다. 그러면서도 '왜 혼내지 않고 딴 애기만 하지?'라는 표정이었다. 전달사항을 모두 전달한 나는

"종례를 마친다. 반장!"

'정말 이대로 아무 일 없이 끝나나?'라는 표정으로 인사를 하기 위해 반장이 아주 천천히 일어났다. 바로 그때.

"참, 애들아. 아까 3교시 때 너희들 왜 혼났어?"

학생들은 '드디어 올 것이 왔구나.' 생각하며 갖은 변명들을 조

잘조잘 늘어놓았다.

"아~ 그래서 선생님께 맞았구나."

"네~."

"많이 아팠니?"

"네~!!!" 녀석들은 더 크게 대답했다.

"지켜 볼 수밖에 없었던 나도 아팠다."

그리고 바로 교실을 나왔다.

은경이가 따로 나에게 찾아와 "선생님. 아이들이 다들 감동 먹었어요. 울고 난리예요."라고 말한다. 혼내지 않길 잘했다는 생각이 들었다.

그로부터 4년 후인 2003년. 아내와 MBC에서 방영한 인기 드라마 《다모(茶母)》를 보고 있었다. 매화꽃이 아름답게 흩날리는 밤. 어느 계곡에서 종사관 이서진(황보윤 역)이 다모 하지원(채옥 역)의 상처를 치료해주는 장면이었다. 두 사람의 대사는 이러했다.

이서진: (안쓰러운 표정으로) "아프냐?"

하지원: (아픔을 참아가며) "예~."

이서진: (나지막하게) "나도 아프다."

하지원: (그윽하게 종사관을 바라본다)

'어? 저 멘트는…?!'

꽤 낯익은 말이었다. 갑자기 4년 전 종례 시간이 생각나 혼자 미소를 지었다. 옆에서 같이 보던 아내는 내게 이 감동적인 장면이 웃기냐고 핀잔을 주었다.

장 마담의 커피 한 잔과 삶은 달걀

지금은 아니지만 내게는 두 개의 별명이 있었다. 하나는 '장 마담', 다른 하나는 '장 교주'다. 본디 학교 선생님들은 자의건 타의건 학생들이 지어 준 별명이 있기 마련이다. 원래부터 커피(당시엔 무조건 인스턴트 커피였다.)를 좋아했던 나는 군 복무 시절 커피에 관련된 추억을 갖고 있다.

때는 1989년 육군 일병시절. 혹한기 야전훈련을 마치고 50킬로 행군을 끝으로 부대 복귀를 앞두고 있었다. 일주일간의 고된 훈련으로 지칠 대로 지친 상태에서 12시간 동안 밤을 새워 걸어야 하는 행군(저녁 6시에 출발하여 다음 날 새벽 6시에 부대 도착)은 정말이지 죽기보다 싫었다. 훈련으로 이미 발은 온통 물집투성이였고, 몸도 안 쑤시는 곳이 없었기 때문이다. 그런 상태에서 출발하여 7시간이 지난 새벽 1시경이 되었다. 이제 50킬로 중에서 겨우 반을 넘어가고 있을 때였다.

"10분간 휴식!"이라는 구호와 함께 소대원들은 군장을 벗지도 않고 바로 바닥에 널브러져 있었다. 바로 그때 갑자기 어둠 속에서 젊은 여자 한 명이 나타났다. 군 생활을 해 본 사람들은 잘 알겠지만 그 시간에 시골길, 그것도 시커먼 군인들 앞에 나타난 여자는 천사나 다름없다. 얼굴이 예쁘건 예쁘지 않건, 몸매가 좋건 안 좋건 이런 것들은 상관없다. 갑자기 기운이 없던 군바리들의 눈이 초롱초롱해지면서 널브러져 있던 자세를 바로잡기 시작했다.

이 늦은 시간에 그것도 시골길에 혼자 왜 왔을까 궁금했다. 그녀의 손에는 주전자가 들려 있었고 바로 옆에는 들통이 놓여있었다. 우리 소대 쪽으로 다가온 그녀는 다음과 같이 웃으며 말하는 것이 아닌가.

"안녕하세요. 군인 아저씨들. 정말 고생들 많으세요. 제가 따뜻한 커피와 삶은 달걀 준비했는데 별거 아니지만 한 잔씩 드시고 힘내세요."

이게 웬 조화란 말인가. 정말 우리를 위해 나타난 천사란 말인가? 조금 전까지만 해도 세상만사가 귀찮을 정도로 힘들어했던 군인들의 모습은 순식간에 온데간데없어지고 엄청난 환호성과 일사불란함으로 분위기는 반전되었다. 거기에 더해 온몸을 비비 꼬며 감동의 소리를 질러대기도 하고, 지금까지 들어보지 못한 희한한 괴성까지 질러댔다. 그리고는 어디서 그런 힘이 생기는지 갑자기 벌떡 일어서서 군장 속에 있던 반합 따까리(뚜껑)를 꺼내 들고는 차례를 기다리고, 그녀 옆에 있던 들통을 서로 들어주겠다고 야단법석을 떨었다.

따뜻한 커피 한 잔과 삶은 달걀 2개.

우리는 이 음식을 천상(天上)의 음식이라며 정말 맛있게 먹었다. 그러자 진짜 신기하게도 갑자기 정신이 맑아지고 힘이 생기는 것 같았다. 비록 고급 커피도 아니고 흔한 달걀이지만 정말 희한하게도 한 명의 낙오 없이 나머지 행군을 무사히 마칠 수 있었으니 커피와 달걀은 우리에겐 단순한 음식이 아니라 신비의 명약이었다.

부대로 복귀한 후 그 여자가 과연 누구였는지 소대원들은 갑론을박했다. 고참 중에 한 명은 자신을 짝사랑하는 부대 근처 다방 아가씨라고 너스레를 떨기도 했다. 이윽고 여자의 실체는 점호 시간에 밝혀진다. 점호를 마치고 소대장이 말했다.

"다들 잘 쉬었는가?"

"네!"

"어제 우리 소대에게 커피와 달걀을 가져다준 여자는 바로 내

와이프다."

다들 말문이 막혔다. 소대장은 우리가 가장 힘들어할 지점을 미리 파악해 두고 아내를 시켜서 커피와 달걀을 준비해 그곳에서 대기하다가 행군 대열을 만나면 제공해 달라고 부탁했던 것이다. 소대장과 아내의 세심한 배려심에 소대원은 모두 감동했다. 그 뒤로 우리는 소대장을 더욱 잘 따르게 됐다. 리더십이란 거창한 게 아니라 타이밍만 잘 활용하면 이렇게 사소한 것으로도 사람의 마음을 사로잡을 수 있겠다고 느꼈다.

1997년 5월 16일. 1학년 12반 첫 담임을 맡게 된 나는 군(軍) 시절의 기억을 되살려 한 명의 낙오도 없이 1학년을 잘 마무리하자는 마음을 담아 52명 전원에게 커피 한 잔씩 타 주기로 마음먹었다. 아이들이 야간 자율학습으로 지칠 시간인 저녁 8시 30분쯤 깜짝 이벤트를 위해 커피, 프리마, 설탕, 주전자, 종이컵 등을 미리 준비했다. 커피는 그냥 커피가 아니라 내가 평소 즐겨 먹던 레시피대로 2가지 커피(테스터스 초이스, 헤이즐럿 원두가루)를 섞은 걸 사용했다. 52개의 종이컵에 커피, 프리마, 설탕을 각각 담아 바닥에 쭉 펼쳐 놓고, 큰 주전자에 물을 담아 끓이고 있을 때였다. 옆에서 그 모습을 유심히 지켜보던 선배 교사가 말했다.

"장 선생. 이게 다 뭐야?"

"네~ 저희 반 아이들 커피 한 잔씩 타 주려고요."

"전원 다?"

"네."

"장 선생. 아이들 위해서 열심히 하는 건 좋은데 너무 많은 사랑을 주지는 마세요."

"네? 무슨…."

"사랑을 주는 만큼 기대도 커지게 되고, 그러면 욕심이 생기고, 그러면 상처도 그만큼 많이 받게 된다오."

그때는 잘 몰랐는데 지금은 그 말이 무슨 의미였는지 안다. 선생님들은 평소 자신이 엄청나게 예뻐하거나 신경을 많이 써 준 학생에게서 서운함을 더 느끼는 경우가 있다.

물리 과목을 정말 좋아하고 열심히 공부하는 학생이 있었다. 그 학생은 당연히 평소 물리 수업 시간에도 눈에 띄게 태도가 좋았다. 물리 선생님은 그 학생을 일부러 불러 격려해주고 물리에 대한 여러 가지 이야기도 해주었다. 그리고 과학 관련 대회를 소개해 주면서 같이 한번 도전해보지 않겠냐고 제안했다. 학생은 너무 좋아했고 그때부터 둘은 방과 후에 남아 열심히 준비했고 선생님도 때로는 밥까지 사주면서 적극적으로 도와주어 결국 대회에 좋은 성과로 입상했다. 학생은 그 입상 경험을 발판 삼아 3학년 수시모집에 지원했고 선생님은 자기소개서와 추천서까지 지도교사를 자청하여 신경 써 주었다.

그런데 정작 원하는 대학에 합격하고 나서 "선생님, 감사합니다. 선생님 덕분에 제가 합격할 수 있었어요."라는 단 한마디조차 없이 그냥 졸업해버렸다. 대회를 준비할 때는 수시로 찾아오던 학생이 대학에 붙고 나서는 찾아오기는커녕 문자조차 없다. 물리 선생님은 서운했다. 배신감도 느껴졌다. '나쁜 녀석. 내가 자기한테 얼마나 잘해 줬는데. 어떻게 이럴 수 있어.'라며 말이다.

또 어느 3학년 담임선생님이 입시연구를 열심히 해서 자기 반 학생 한 명 한 명에게 딱 맞는 입시 설계를 마치고 수없이 많은 면담과 상담을 통해 대학 지원전략을 완성하였다. 다른 고3 담임들은 여름방학에 피서도 가곤 하는데 그 선생님은 방학을 오롯이 아이들 입시 상담에만 바쳤다. 그런데 막상 대학 수시접수가 시작되자 담임하고는 한 마디 상의도 없이 다른 곳으로 지원해버리는 게 아닌가? 불합격 가능성이 더 커지는데 왜 바꿨냐는 담임의 질문에 그냥 원하는 대로 써 달라고, 재수하면 내가 하는 거지 선생님이 하는 게 아니지 않냐고 하며 생떼를 썼다. 안된다고 설득하자 학부모까지 찾아와서는 내 아이가 원하는 대로 해주지 무슨 그렇게 말이 많냐고 한다. 이럴 때 선생님들은 또 배신감을 느낀다. 학생들을 위해 신경 쓴 노력과 비례해서 말이다.

선생님들은 많은 것을 바라지 않는다. 그저 자신의 성공에 조금이나마 도움이 되었다고 말해주는 것. "선생님 덕분이에요. 감사합니다." 이 한마디면 충분하다. 제자의 발전과 성공에 조금이라도 도움이 되고 싶어 하는 사람들이다. 서울대를 보낸 담임에게 백만 원씩 포상금을 주거나 월급을 올려주는 학교는 없다. 대학을 잘 보내든 못 보내든 월급은 같다. 그런데도 선생님들은 가능하면 더 좋은 대학, 학생들이 원하는 대학에 진학시키려 노력하고, 더 많은 것을 알려주기 위해 고군분투하고, 꿈을 찾는 일에 도움을 주고 싶어 하는 사람들이다.

나 또한 젊었을 때는 이런 경험을 많이 했다. 평소 나를 좋아해주고 잘 따라준다고 생각했던 학생이 갑자기 돌변하여 예의 없이 군다거나 내 기대만큼 어떤 피드백이 오지 않으면 배신감도 느끼고 서운함도 느꼈다. 그런데 그렇다고 해서 처음부터 '아무리 잘해줘도 결국 나 몰라라 할 것이고, 모든 것이 자기가 잘나서 그렇게 되었다고 생각할 거야. 잘해줘 봤자 아무 소용 없어. 다 부질없는 짓이지. 나만 가정에 소홀해지고 시간 뺏기고… 그저 오버하지 말고 수업에 펑크만 안 나게 하면 돼.'

이런 식으로 생각하고 설렁설렁, 대충대충 생활하기는 더욱 싫었다. 그래서 교사가 신(神)은 아니지만 이렇게 생각하기로 마음먹었다.

'그래. 제자가 잘되는 것. 그 하나의 사실만으로 기뻐하고 만족

하자. 그냥 나 혼자 보람을 느끼면 되지. 그 녀석이 알아주면 고마운 것이고 그건 덤이라 생각하자.'

적지 않은 선생님들이 결국 이렇게 생각한다. 왜냐하면 지금껏 내가 지켜본 많은 선생님들은 학생들이 섭섭하게 했던 경험이 있음에도 불구하고 또 같은 상황이 되면 똑같이 학생을 위해 달려들기 때문이다.

잠깐 이야기가 옆으로 샜는데, 아무튼 그날 그 선배 교사의 말에 아랑곳하지 않고 펄펄 끓인 물과 52개의 종이컵을 바리바리 챙겨 들고 여러 번에 걸쳐 오르락내리락하며 야간 자율학습하고 있는 우리 반 교실 앞에 도착했다. 그리고 군 복무 시절 커피 이야기와 함께 52잔의 종이컵에 커피가 채워졌다. 한잔 한잔 직접 따라주며 아이들의 이름을 불러주었다. 아이들은 커피를 받아 마시며 "선생님, 감사합니다."라고 했다.

'그래~ 그것으로 족하다. 내가 부질없는 짓을 하는 건 아니지.'

그 후로 내가 담임을 맡은 학생들에게는 매년 커피와 삶은 달걀이 제공됐고, 아이들은 날 '장 마담'이라 불렀다. 내가 타주는 커피는 '장 마담 커피'라 불렀다.

"너희가 나를 믿느냐?"
FROM 장 교주

1997년. 우리 사회는 IMF 금융위기로 인해 엄청난 시련을 겪고 있었고, 많은 사람들이 어려움에 처해 삶의 의미를 잃어버리고 있었다. 한편으로는 이러한 분위기에 편승해 이상한 사이비 종교단체들이 기승을 떨기도 했다. 정교사로 임명된 지 얼마 안 된 나는 이에 아랑곳하지 않고 수업에만 온 열정을 쏟아붓고 있었다. 어떻게 하면 재미있는 수업을 할 수 있을까. 어떻게 하면 더 많이 가르쳐줄 수 있을까. 어떻게 하면 학생들에게 기다려지는 수업을 만들 수 있을까. 이런 생각만이 내 머릿속을 가득 메우고 있었다. 연구수업도 해보고, 교과서 편집 및 교재연구는 물론이고 나만의 일본어 교재도 집필하고 방학 때면 여행을 반납하고 주한 일본대사관 공보문화원에서 주관하는 일본어 교사 연수에 참여하는 등 일본어 수업과 관련된 일이라면 물불을 안 가리고 참가했다. 마치 그때는 전국 일본어 교사 중에서 내가 제일 수업을 잘한다고 착각(?)할 정도였으니까. 왜냐하면 운 좋게도 당시 학생들이 내 수업을 꽤 좋아해 주었기 때문이다. 교사가 가장 듣기 좋은 말 중의 하나가 바로 수업 종료령이 울릴 때 아이들이 "어~~.(ㅠㅠ)"하며 수업 종료를 안타까워하는 소리인데 그때는 그런 말을 자주 들었던 것 같다.

어느 날 2학년 남학생반 수업할 때 일이다. 평소 수업 시간에도 특히 반응이 좋았던 반이었다. 수업 중 내가 설명과 함께 어떤 제스처를 취하면 그때마다 엄청난 반응으로 호응해 주었다. 선생님들은 이런 반 수업할 때가 가장 즐겁다. 그날도 평소처럼 교과서, 출석부, 커피를 손에 들고 교실 앞문을 열고 들어갔다. 그런데 교실 분위기가 평소와 달랐다. 문을 열고 들어가는 순간. 조용히 기다리던 학생 중 앞문에서 제일 가까이 앉아 있던 학생 2명이 갑자기 색종이 가루를 나에게 뿌리기 시작했다. 그러자 일제히 나머지 학생들이 두 손을 벌려 위로 치켜세우고는 "와~와~"하며 괴성을 지르는 것이 아닌가. 잠깐 이게 무슨 상황인지 몰라 어리둥절했다. 그런데 아이들이 나를 위해 이렇게 색종이까지 찢어서 준비하고 환대해 주는 것이라는 걸 깨닫고는 나 또한 뭔가 아이들을 위해 퍼포먼스를 해줘야 할 것 같은 생각이 들었다. 두 팔을 벌리고 괴성을 지르는 아이들의 모습을 말없이 서서 지켜보던 내 입에서 나도 모르게 이런 말이 툭 튀어나왔다.

"날 믿느냐?"

그러자 아니나 다를까 아이들이 더 큰 소리로 괴성을 지르며 응대해 주었다.

"네~ 믿습니다!"

그래서 난 또 말했다.

"그러면 아버지!"

"아버지~~ 아버지~~ 와~~"

갑자기 이상한 소리가 울려 퍼지자 옆 반에서 수업하던 선생님이 이게 무슨 소린가 놀라 내가 있는 교실로 왔다. 그리고는 상황을 파악하고 웃으며 돌아가셨다. 마치 교주와 신도들 같은 분위기가 연출되고 있었다. 나는 내친김에 손을 약간씩 흔들며 아주 천천히 분단과 분단 사이를 걸어 다니며 가장 열성적으로 소리 지르는 아이에게 다가가 일일이 손을 잡아주고 머리 위에 손을 얹는 시늉을 하는 등 호응해 주었다. 어떤 녀석은 자신의 머리에도 손을 올려달라고 아우성이었고 또 어떤 녀석은 이 상황을 열심히 그림으로 남기고 있었다. 한동안의 소란을 끝내고 본격적인 수업을 시작했다. 평소보다 더 열심히 수업에 참여해 주는 아이들이 고마웠다. 정말 교주가 된 기분이었다.

보통 교주라고 하면 사이비 종교 집단을 이끄는 사기꾼 같은 이미지가 있었다. 별로 좋은 어감으로 다가오지 않았지만, 난 다르다.

내 사리사욕이 아니라 아이들을 위한 교주. 재미있는 수업을 위해 퍼포먼스와 개그를 마다하지 않는 교주. 무조건 내가 시키는 대로만 하면 성적도 오르고 자신이 바라는 꿈을 이룰 수 있는 교주. 이런 것이라면 교주라 불리는 게 무슨 대수랴. 땅개(키가 땅에 닿을 정도로 작아서), 미친개(성질이 지랄 같아서), 독사(성질이 독하고 정이 없어서), 불타는 고구마(툭하면 열 받고 얼굴이 빨개져서), 똥파리(성질이 더러워서), 차라리 때려라(잔소리를 너무 길게 해서), 배둘레햄(배가 너무 많이 나와서), 모여라 꿈동산(머리가 너무 커서). 뭐 이런 별명보다는 낫지 않은가.

2학년 남학생반이 시초가 되어 수업에 들어가는 다른 반 아이들도 종종 이런 환대(?)를 해 주었고 난 똑같이 퍼포먼스로 응대해 주었다. 이미 다른 반에서 다 듣고 준비했는데 자기들 반에서만 내가 퍼포먼스 응대를 안 해주면 그 반 학생들은 삐치거나 상처받는다. 점점 소문이 퍼져 그 후로 몇 년간 아이들과 동료 선생님들에게 '장 교주'라 불렸다. 심지어 어떤 반에서는 노래 개사까지 해서 '장 교주가(歌)'를 만들어 부르기도 했다.

"학생들은 이해할 수 없~지. 장 교주님 높으신 사랑~
많고 많은 학생들 중~에, 장 교주님 사랑 모르네.
장 교주님 사랑 정말 놀~랍네. 놀~랍네. 놀~라워.
장 교주님 사랑 정말 놀~랍네. 나를 위한 길일세."

2000년 2학년 12반 여학생반 담임을 할 때였다. 그때는 밤 11시까지 강제 야간 자율학습을 했다. 힘들게 공부하는 아이들을 위해 뭔가 깜짝 이벤트를 해주고 싶었던 나는 빵과 음료수 등을 잔뜩 사서 우리 반 빈 교실 중앙에 쌓아 놓고, 칠판에 몇 개의 문장을 써 놓고는 불을 끄고 나왔다. 그리고 학생들이 공부하는 5층 도서관으로 올라갔다. 그곳에는 아주 조용한 분위기에서 우리 반뿐만 아니라 다른 반 학생들도 공부하고 있었다. 야자 감독 선생님도 계셨다. 난 야자 감독 선생님께 눈빛으로 양해를 구하고 화가 난 듯 크게 소리쳤다.

"야! 2학년 12반 자식들아! 지금 즉시 밖으로 한 놈도 열외 없이 다 튀어나왓!"

공부하고 있던 학생들은 놀라서 일제히 나를 쳐다보았다.

"빨리 안 튀어나와?"

화가 잔뜩 난 얼굴로 소리 지르자 그때서야 우리 반 아이들이 영문도 모른 채 하나둘 밖으로 나가기 시작했다. 밖으로 나온 아이들은 서로의 얼굴을 쳐다보며 "왜?", "무슨 일이야?"라는 표정을 지었다.

"너희들은 정신상태가 안 돼먹었어. 오늘 종례 시간에 내가 그렇게 강조했는데 도대체 왜 자꾸 지적당할 일을 하나? 응?"

"죄송합니다.(ㅠㅠ) 잘못했습니다.(ㅠㅠ)"

무엇이 죄송하고 뭘 잘못했다는 말인가. 아이들은 열심히 공부한 죄밖에 없다. 사실 그날 종례 시간에는 전달사항 외에 특별히 강조한 것은 하나도 없었다. 그럼에도 학생들은 나의 현란한 연기(?)로 인해 자신들이 뭔가 잘못해서 담임이 열 받았다고 생각했는지 다들 머리를 숙이고 잘못했다고 말했다. 숨죽이며 담임의 눈치를 보고 서 있는 아이들을 보며 속으로 참 순진하고 귀엽다고 생각했다.

"지금 당장 모두 우리 반 교실로 가서 야자 끝날 때까지 반성의 시간을 갖는다. 빨리 교실로 갓!!"

하나둘씩 짝을 지어 3층 맨 끝에 있는 12반 교실로 내려갔다. 나는 아이들과 약간 거리를 두고 맨 뒤에 따라 내려갔다. 이윽고 교실의 불이 켜졌고 엄청나게 쌓여 있는 빵과 음료수, 그리고 칠판의 글씨를 발견한 아이들의 환호 소리가 귓가에 전해졌다. 나는 교실로 따라 들어가지 않고 그대로 계단을 내려가 건물 밖으로 나왔다. 아이들이 감동하며 맛있게 빵과 음료수를 먹는 모습을 혼자 상상하며 흐뭇한 기분으로 차에 올랐다. 그리고는 두리안의 〈I'm Still

Loving You〉를 빵빵하게 틀고 교문을 빠져나갔다. 저녁 9시가 조금 넘은 시간이었다.

칠판에는 이렇게 적혀 있었다.

"공부하느라 힘들지? 오늘은 빵과 음료수 맛있게 먹고 교실에서 쉬다가 집에 가거라. 더할 때도 있으면 뺄 때도 있어야 하거늘. 뒷정리하는 거 잊지 말고…"

"여기 놓인 빵은 나의 살이요, 음료수는 나의 피니 나로 말미암지 않고서는 꿈을 이룰 자 없느니라! - From 장 교주"

담배 예찬

올레길을 걷다가 쉴만한 장소에서 휴식을 취하며 피우는 담배 한 대의 맛은 정말 꿀맛 같았다. 옛날 육군 25사단 보병으로 군 복무할 때 100킬로, 50킬로 행군을 몇 번인가 한 적이 있다. 보통 4킬로를 50분 만에 주파해야 하는데, 50분쯤 걸었을 때, 앞에서 이런 구호가 들려오기 시작한다.

"1소대 화!!(파이팅의 준말)
1소대 화!!
10분간 휴식!"

이런 구호가 길게 늘어선 종대 줄을 타고 점점 내게로 크게 들려오기 시작하면 바로 땅바닥에 군장을 멘 채로 드러누웠다. 무거운 철모를 벗고, 군장 위에 머리를 걸치고 하늘을 바라보면 딱 자세가 나온다. 그리고는 담배 한 개비를 입에 물고 연기를 내뿜었다. 그러면 밤하늘에 떠 있는 별들이 왜 그리도 밝게 반짝이는지…

멍하니 엄마와 내가 좋아했던 여자 친구 등을 생각하며 피우는 담배 한 모금의 맛을 무엇에 비하랴. 그러는 중 전우가 고향 노래라도 한 곡 불러재끼면 다들 눈시울이 붉어지며 피우던 담배였다.

특히 당시 사병들에게는 한 달에 담배 15갑 정도가 지급된 것으로 기억한다. 지금은 담배 안 피우는 사병들도 꽤 있지만 당시만 해도 담배를 안 피운다고 해서 고참이 권하는 담배를 사양한다는 것은 있을 수 없는 일이었다. 바로 군홧발이 날아오거나 소위 한따까리(기합)를 당해야 하기 때문에 어쩔 수 없이 피우게 되는 게 대부분이었다. 담배를 안 피우면 담배로 안 받고 담뱃값에 해당하는 금액을 돈으로 받을 수 있었지만 실제로 돈으로 받았던 사병은 별로 없었다. 고된 훈련이나 작업을 마치고 잠깐의 휴식시간이 주어지면 여지없이 소대장이나 고참이 "담배 일발 장전!"이라고 크게 외쳤다. 일제히 군복 상의 가슴 주머니에서 담배를 꺼내 입에 물고는 길게 내뿜으며 고단함을 달래기 일쑤였다. 그래서 군에서는 유난히 담배를 찬양하는 글이나 이야기들이 많았던 것 같다.

담배의 임무

우울할 때 명랑초

화가날 때 진정초

피곤할 때 휴식초

잠이 안돌 때 수면초

화장실에선 소독초

그런데 그렇게 좋아하던 담배를 나는 몇 번 끊은 적이 있다. 첫 번째는 아내를 만나서 결혼을 앞둔 때였다. 아내는 담배 피우는 사람의 아이를 갖고 싶지 않다며 금연하면 어떻겠냐고 했다. 그래서 결혼하고 약 2년 가까이 아들이 태어날 때까지 금연했다.

두 번째는 내가 들어 놓았던 종신보험 라이프플래너가 찾아와 금연에 성공하면 100만 원을 현찰로 준다고 했다. 그래서 2년이 넘게 금연하여 보험회사로부터 100만 원을 받아, 그중 50만 원을 아내에게 주었다. 사실 그냥 혼자 비상금으로 꿀꺽할까 하다가 그동안 고약한 담배 냄새를 참아가며 내가 스스로 금연할 때까지 기다려준 아내였기에 기꺼이 절반을 나눠주었다. 사실 100만 원에 눈이 멀어 금연했다기 보다 나로 인해 가족이 안 좋은 영향을 받는 게 늘 마음에 걸렸다. 결국 두 번의 금연은 모두 가족으로 인한 셈이다.

옛날에는 교무실에서 담배 피우는 선생님이 많았고, 심지어 교실에서도 담배 피우던 선생님이 계셨다. 교무실 청소에 배정된 친구들은 하루 종일 피워댄 선생님들의 재떨이부터 치우는 게 일이었다. 학생들은 아무리 교무실에서 담배 냄새가 나도, 수업 시간에 선생님 몸에서 냄새가 나더라도 민원을 제기하거나 싫은 내색을 하지 않았다. '선생님이니까…'라고 생각하며 그냥 참았던 것 같다. 기껏해야 아래와 같이 작은 편지를 선생님 책상에 올려놓는 일이 고작이었다.

"○○○ 선생님께
안녕하세요 선생님. 저 민지예요.(^^) 2학년 7반 맨 앞줄 자리에 앉아있는…
(중략…)
근데 선생님 교실에 들어오실 때마다 담배 냄새가 났어요.(ㅠㅠ) 저희 아빠도 담배 피우셔서 제가 담배 냄새에 민감하거든요. 저는 선생님이 건강하셨으면 좋겠어요. 늘 아빠한테도 말씀드리지만 어른들이 금연하는 게 어렵나 봐요. 하지만 건강에 해로우니 금연이 어려우시면 아주, 아~주 조금만 피우셨으면 좋겠어요. 그래야 오래오래 좋은 수업도 하실 수 있고 제 후배들도 선생님 수업 더 좋아할 거예요. 아셨죠? 그럼 수업 시간에 봬요~.(^^)
선생님 건강을 생각하는 제자 민지가…"

참 고맙고 예쁜 마음씨다. 그런데 지금은 어떤가. 모든 학교가 금연구역으로 지정되어 학교 내에서는 담배를 피울 수 없어 애연가 교사들은 눈치를 보며 학교 밖으로 나가 피울 때가 많다. 또 담배를 피우고 수업에 들어가면 학생들이 냄새난다고 아우성이다. 일 년에 한 번씩 실시하는 교원평가에도 여지없이 담배 피우는 교사에 대한 나쁜 평가가 이루어진다. 참으로 격세지감을 느끼지 않을 수 없다. 당연히 학생들에게 피해가 가면 안 되니 옳은 방향으로 변화한 것이 맞지만 담배 피우던 선생님들은 자신이 학생 때와는 너무나도 많이 달라진 현실에 적응하느라 힘들다.

어디 이런 것이 담배뿐이랴. 학생 인권이다 뭐다 해서 체벌도 없어졌고, '김영란법'이다 뭐다 해서 선생님께 드리는 작은 선물조차 사라졌으며 학교 운영위원회다 뭐다 해서 학교의 모든 일정과 방과 후 프로그램 등도 학부모위원과 외부위원이 포함된 운영위원회의 허락을 받아야 한다.

하나부터 열까지 내가 중·고등학생 때와 비하면 엄청나게 많은 것이 변했다. 당연히 학생에게 피해가 갈 수 있는 담배는 학교에서 피우지 않아야 하고, 학생에 대한 어떠한 체벌도 허용해서는 안 되는 것이 맞고, 모든 학사일정과 프로그램을 투명하게 해야 하는 것도 모두 맞다. 올바른 방향으로 변화한 것이다. 그런데 정작 바뀌어야 할 중요한 것들. 예를 들어 치열한 입시경쟁이 없어졌고, 교사와 학생의 끈끈한 정이 예전보다 좋아졌고, 학부모와 학생이 학교 선생님을 더 존경하고, 모든 학교 행사가 투명하게 이루어져 교사들이 맘껏 교육 활동을 하고, 교장을 존경하며 교장은 나름의 교육철학을 이루기 위해 헌신하게 되었는지 잘 모르겠다. 이러한 것들도 예전보다 올바른 방향으로 변화했는지 정말 잘 모르겠다.

교사들과 이야기를 나누다 보면 늘 나오는 주제들이다. 아이들과 학부모들은 점점 더 학교 교사보다는 학원 강사나 인터넷 강사를 신뢰하고, 아이들은 아이들대로 제멋대로라서 수업하기 힘들다고 한다. 그렇다고 혼내면 대들고 민원 들어와서 수업 시간에 엎드려 자도 그냥 둔다. 어떤 선생님은 1명 놓고 수업을 하신 적이 있다고 했다. 나머지 학생들은 자거나 다른 것을 하고 있었다고 했다.

교사들은 예전만큼 적극적이지 않고 위축되어 있고, 교장은 자신의 교육철학과 비전보다는 학부모와 학생들의 민원 해결에 더 많은 시간을 사용하고, 담임이 자기 학급 학생들을 위해 어떤 프로그램을 기획하려 해도 동의서, 운영위원회, 학부모 민원, 가정통신문, 결재, 공문처리 등 해야 할 것, 신경 써야 할 것 등의 절차가 너무 많아 아예 기획 단계에서 포기하는 일이 많다. 업무 간소화 때문에 도입했다는 나이스 시스템도 진짜 업무가 줄었다는 느낌이 별로 들지 않는다. 오히려 매년 바뀌는 입력 매뉴얼 교육을 받아야 하고, 괄호가 있네 없네, 대시 모양이 물결이네 작대기네, 글자 수가 많네 적네, 입력 내용이 있네 없네 등 내가 볼 때는 정말 사소한 것 하나하나까지 신경 쓰느라 매번 입력할 때마다 동료들에게 묻거나 확인하고, 매뉴얼을 찾아볼 수밖에 없다.

결국 교육 활동에 의한 학생들의 멋진 추억과 경험, 교사와 학생 간의 상호작용은 멀어져만 가고, 해보기도 전에 이런저런 행정 절차 때문에 걱정부터 앞서는 상황을 자주 본다. 의욕적으로 뭔가 학생들을 위해 해보려면 자주 듣는 소리가 있다.

"선생님. 취지는 좋은데 이거 민원 생기면 선생님이 책임질 수 있나요?"

"선생님. 왜 오버해~ 선생님이 그러면 나머지 선생님들은 뭐가 돼."

"이거는 선생님 업무니까 선생님이 모두 책임져요."

그러기에 그냥 속된 말로 오버하지 않고 최소한의 내 할 일만 민원 없이 하면 그만이라는 분위기가 팽배해지고 있는 것 같다. 이런 분위기의 학교라면 그 안에서 열심히 하는 교사는 오히려 눈치가 보이는 시스템이다. 그러니 몇 번인가 시도하다가 나대지 말라는 분위기에 그만두는 일이 허다하다. 심지어 이런 일도 있었다.

정말 학생들에게 수업을 잘하기로 인정받는 수학 교사가 있었다. 그래서 몇몇 학생들이 선생님을 찾아가 방과 후 보충수업을 개설해 달라고 부탁드렸다. 자신들과 똑같은 생각을 하는 학생들이 많다며. 가정에 문제가 있어 정해진 퇴근 시간에 가야 하는 선생님으로서는 난감했다. 학생들을 위해 개설해 주어야 맞는데 집안일 때문에 그러지 못하는 것이 너무 안타까웠다. 몇 번이고 손사래를 치다가 학생들의 성화에 못 이겨 결국 승낙하셨다. 그래도 자신의 수업을 인정해주는 학생들이 고마워서였다. 이미 학생들과는 어떤 부분을 어떻게 수업할 것인지 함께 의논하고 강의계획을 세워 학생들의 가려운 부분을 긁어주기로 했다.

그런데 강의계획서를 학교 운영위원회에 제출했는데 문제가 터졌다. 운영위원장(보통 학교 교사가 아닌 학부모나 외부위원이 위원장직을 수행하게 되어 있음)이 강의계획서를 문제 삼은 것이다.

"강의계획서 양식이 제대로 맞지 않는군요. 제대로 다시 제출하셔야 할 것 같아요."

수정하여 다시 제출했다. 또 문제가 발생했다.

"강의계획에 일관성이 없군요. 자고로 수학이란 단계에 맞게 나아가야 하는데 수업내용이 들쭉날쭉하네요."

몇 번이고 운영위원장에게 학생들의 수준에 맞게 이미 의논된 것이라고 설명했으나 막무가내였다. 자신의 마음에 들 때까지 보류… 또 보류. 그러는 동안 시간은 흘러, 결국 그 강의는 개설하지 못했다.

운영위원장의 지적은 틀린 것이 없다. 강의계획서는 제대로 된

양식에 일관성 있게 단계에 맞추어 잘 작성되어야 한다. 그런데 누굴 위한 강의인가? 누굴 위한 강의계획서인가? 정말 중요한 것이 강의계획서인가? 아니면 학생들이 원하는 수업인가? 학생들은 강의가 개설되지 않자 실망했고 이를 보다 못한 선생님은 무료로 가끔 봐주는 것으로 결론을 짓고 아이들을 돌려보냈다.

나는 이런 선생님들이 정당한 노력의 대가를 받고 열심히 신나게 강의하셨으면 좋겠다. 강의해본 사람들은 다 알고 있다. 내 과목에 관심 있는 학생들이 먼저 찾아와 강의를 개설하고 그런 학생들과 수업하는 진정한 재미를….

예전에는 가정형편이 어려운 학생들을 위해 방과 후에 교사가 무료로 강의해 주는 상황을 종종 봤는데 지금은 강의료를 준다 해도 안 하려는 분위기이다. 교실 수업에서도 엎드려 자는 아이들이 있으면 혼내서라도 수업을 듣게 하려 했고, 아침에 늦게 오는 학생을 위해 모닝콜을 해주거나 직접 자기 차로 학생 집 앞까지 가서 태워 등교시키는 선생님도 꽤 있었는데 지금은 그런 분들 보기가 쉽지 않다.

교권침해 사례도 엄청나게 늘어나 많은 교사가 점점 사명감을 잃고 힘들어하다가 명예퇴직하는 숫자가 엄청나게 늘었다. 참 안타까운 일이다. 내가 교사 초임 시절만 해도 스승의 날은 말할 것도 없고, 평소에도 아침에 출근해 보면 책상 위에 꽃이 꽂혀 있다거나 따뜻한 커피가 올려져 있다거나 예쁜 종이에 손 편지가 곱게 접혀 있는 경우가 종종 있었다. 모두 학생들이 자기가 좋아하는 선생님에게 드리는 작지만 아주 행복한 선물들이었다. 지금은 거의 볼 수 없는 풍경이다.

《이불변 응만변(以不變 應萬變, 변하지 않는 가치로 수만 가지 변화에 슬기롭게 대응한다.)》이라 했다. 교무실에서 담배 피우는 일이 사라진 것처럼 시대가 바뀌면 거기에 적응하는 것이 당연한 이치지만 변하지 말아야 할 것까지 변하는 것 같아 안타깝다.

상황이 이렇다 하더라도 난 아직은 선생님을 존경하고 열심히 하려는 학생들이 더 많다고 믿는다. 아무리 교권이 추락하고 예전 같지 않다고 하더라고 학생을 사랑하고 좀 더 많은 것을 주고 싶어 하는 선생님들이 많다고 믿고 있다. 그렇기에 강의료도 안 받고 방과 후에 남아서 수업해주는 선생님, 어떻게 해서든 맞는 진로를 찾아주려고 학생을 붙잡고 늦게까지 상담하는 선생님, 재미있는 수업을 위해 여러 가지 수업자료를 바리바리 준비해서 양손에 들고 다니는 선생님. 학생부에 좋은 내용 하나 더 써주려고 동분서주하는 선생님들이 분명히 계신다. 이런 선생님들에게 동료로서, 선배로서 격려해주고, 칭찬해주고, 존경한다고 말해주고 싶다. 선생님들끼리는 다 알고 있다. 누가 정말 학생들을 위해 열심히 근무하시는 선생님인지….

나 또한 나이 먹었다고 원로 교사나 선배 교사 대우받길 바라지 않는다. 또 선배 교사랍시고 후배 교사들에게 이래라저래라 간섭하거나 알량한 충고 따위를 하고 싶지도 않다. 다만 내가 더 열심히 수업하고 나에게 주어진 일을 후배 교사에게 떠넘기지도 않으며 내가 더 창의적이고 좋은 프로그램을 만드는 일에 앞장서고, 연구수업도 자원하여 보여주고 싶을 뿐이다. 이렇게 하는 게 백 마디 충고나 조언보다 더 좋은 나비효과로 이어지지 않을까? 대한민국의 교사들은 기본적으로 동료 교사가 학생들에게 존경받거나 좋은 수업을 하면 자신도 그렇게 하고 싶어 하는 사람들이라고 믿고 있기 때문이다.

다행히 내가 근무하는 학교는 이런 멋진 교사들이 꽤 있다. 그래서 좋다. 그들과 함께 뭔가 새로운 것을 만들어내는 것이 즐겁다. 우리가 할 수 있는 권한이 없다고들 하지만 이러한 상황이기에 더욱 할 수 있는 것이 많다. 또 이런 상황이기에 우리가 해냈을 때 학생들에게 더욱 감동을 줄 수 있지 않을까?

담배는 몸에 해롭고 남에게 피해를 줄 수 있기에 안 피우는 게 맞다. 그런데 타의에 의해, 상황에 밀려 어쩔 수 없이 금연하게 하는 것보다 때로는 스스로 금연하도록 믿고 기다려주는 것도 좋을 것 같다. 조금 시간이 걸려도. 왜냐하면 선생님들은 담배가 몸에 해로운 것도 알고 있고, 냄새나는 것도 잘 알고 있고, 학생을 위해 뭐든지 할 수 있는 사람들이기 때문이다. 담배를 스스로 끊어야 자부심도 있고, 오래 금연할 수 있으며 그동안 참고 기다려준 주변 사람들을 더 고맙게 생각하게 된다. 체벌 금지, 투명성 제고, 촌지근절, 업무경감 등 다 좋고 맞는 방향인데 선생님의 기를 살려주지 않고 어떤 법률이나 민원으로 무조건 밀어붙이다 보면 정말 중요한 것을 잃어버리고, 겉으로만 그럴듯한 속 빈 강정이 될 수 있기 때문이다. 아무리 좋은 교육정책이 개발되어도 결국 그것을 현장에 적용하고 성공시키는 것은 일선의 선생님들이기 때문이다. 그래야 위의 사례처럼 행정과 절차를 따지다가 정말 중요한 것을 놓치는 일이 없을 것이다. 혹시 누가 아는가. 나와 가족, 학생을 위해 금연했는데 생각지도 못한 100만 원이 생겨 50만 원씩 아내랑 나눠 갖는 덤도 있을지.

노파심에 하는 말인데 나는 올레길에서 중간에 쉴 때 담배를 피웠지만 절대로 한 개비도 올레길 위에 함부로 버리지 않았다. 휴대용 재떨이를 챙겨서 거기에 넣고 나중에 숙소로 돌아와 일반 쓰레기통에 버렸다. 너무나도 아름다운 제주 올레길을 오염시키기가 싫었다. 언젠가 다시 내가 올레길을 찾아왔을 때 쓰레기가 있거나 많이 더럽혀져 있다면 마음이 아주 아플 것 같다.

외국어공부 왜 해?

요즘 학생들이 외국어를 공부하는 이유는 그 나라의 음악, 영화, 드라마, 만화, 게임이 좋아서. 또는 유학을 준비하기 위해서 등 매우 다양하다. 하지만 내가 중 · 고등학교 시절 외국어를 배우는 목적은 거의 한 가지였다. 지금처럼 인터넷이 발달한 시대가 아니어서 그 나라의 대중문화를 접할 기회도 거의 없었다. 오로지 선진국의 언어를 배움으로써 그 나라의 앞선 문화나 기술을 습득하고 그것을 활용하여 국내에서 써먹기 위함이었다. 미국, 독일, 프랑스 같은 선진국을 동경하며 우리는 언제 저들 나라처럼 멋있고 강한 나라가 될 수 있을까? 저런 나라들과 경제, 국방, 문화 등에서 대등하게 어깨를 나란히 하는 날이 올 수 있을까? 멀게만 느껴졌다. 따라서 언어를 배우면서 동경의 눈빛으로 그들을 바라보았고, 뭔가 그들에게 배워야 한다는 사명감 같은 것이 있었다.

우리나라 전통음악보다는 클래식이 더 멋있어 보였고, 우리나라 가요보다 미국의 팝이 더 수준 높아 보였으며 우리나라가 만든 제품보다 그 나라들이 만든 제품이 더 가치 있고 훌륭해 보였다. 부모님이 누군가에게 선물을 받을 때 소위 '이거 물 건너 온 거야.'라는 말을 들으면 엄청나게 좋아하시며 어느 나라 제품인지 이리저리 자세하게 선물을 들여다보던 기억이 생생하다.

하지만 지금은 완전히 상황이 바뀌었다. 대한민국의 경제력은 세계 10위권에 진입했고, 군사력도 세계 6위(2021)에 선정되어 소위 강대국들도 함부로 위협할 수 없는 수준에 이르렀다. 그뿐인가 문화, 예술 면에서도 전 세계 수많은 사람이 한국의 음악, 영화, 전통문화 등을 사랑하고 있다. '유엔무역개발회의'에서는 세계 역사상 유일하게 한국을 개발도상국에서 선진국으로 선정(2021년)하기도 했다. 공식적으로 선진국 지위를 인정받은 것이다. 내가 중 · 고등학교 시절 꿈꾸었던 일들이 현실로 나타나고 있다.

따라서 난 외국어를 공부하는 학생들에게 다시 물어보고 싶다. "너 외국어 공부 왜 하니?"라고. 우리 때처럼 '좀 있어 보이려고', '선진문화와 기술을 배워 취직에 도움이 되려고', 아니면 '그 나라의 게임이나 드라마가 좋아서'. '그 나라에 여행 가고 싶어서' 등의 이유도 좋겠지만 이제부터는 좀 더 크고 멋있는 목표를 갖고 외국어를 공부하면 어떨까? 지금 고등학생들이 사회에 나가 뛰기 시작할 때는 지금보다 더 한국의 위상이 높아질 것이다. 전 세계를 이끄는 강대국의 국민으로서 문화 상대주의에 따라 거기에 맞는 품격을 갖추고 국제 감각을 익히는 것. 단순한 의사소통만이라면 스마트 기기나 인공지능이 해결해 줄 거다. 그러니 앞으로는 대한민국의 위대한 전통, 문화, 기술 등을 세계에 알리며 리드하는 역할을 하기 위한 외국어 공부가 더 멋있지 않을까? 전 세계 여러 나라들에 선한 영향을 주기 위한 도구로서 말이다.

얼마 전 BTS가 유창한 영어 실력으로 UN에서 연설하는 모습을 보았다. 우리나라의 젊은이가 전 세계를 상대로 메시지를 전하고 좋은 영향력을 행사하는 모습은 정말이지 너무나도 멋있고 훌륭해 보인다. 그뿐이랴. 아카데미 시상식에서 봉준호 감독과 배우 윤여정 씨의 수상 소감, 《윤 스테이》라는 TV 프로그램에서 한식을 외국인에게 영어로 설명해 주는 윤여정 씨의 모습. 세계적인 오디션 프로그램 《아메리카 갓 탤런트》에서 제일 까다로운 심사위원이라는 사이먼 코웰의 질문에 거침없이 당당하게 영어로 대답하며 태권도를 홍보하는 시범단. 일본 아베 정권의 대표적인 비리 스캔들을 폭로하는 일본 영화 《신문기자》에 의식 있는 기자로 출연하여 유창한 일본어 실력을 선보였던 배우 심은경 씨 등. 어떤 분야에서든 외국어를 활용하여 해당 외국인에게 한국의 이해를 돕고 감동을 주는 민간외교관의 역할은 정치적이고 공식적인 외교보다 파급효과가 더 크다.

지금으로부터 약 600년 전 조선은 일본에 '조선통신사'라는 대대적인 외교사절단을 파견했다. 300~500명에 이르는 엄청난 규모의 사절단 일행이 통과하는 객사에서는 한시문과 학술의 필담창화라고 하는 문화상의 교류가 성대하였고, 특히 통신사에 대한 화려한 접대는 일본의 재정을 압박하는 원인이 될 정도였다고 한다. 당시 사절단은 정치, 문화, 학술에 걸쳐 일본인들에게 많은 영향을 주었고 일본인들도 우리를 부러움과 존경의 눈빛으로 바라보았다. 이처럼 이제 우리가 다시 민간사절단이 되어 다른 나라에 영향을 줄 차례이다. 나처럼 1980년대 일본이 잘 나가기 때문에 일본어를 공부하는 것이 아니라 일본에 우리의 선진 문화와 기술을 가르쳐 주고 이끌어주기 위해 일본어를 공부해야 한다. 자칭 '디지털 조선통신사'라고 말하는 염종순 씨는 그의 저서에서 다음과 같이 분석했다.

"일본은 국가 및 기업 경영에 대한 IT의 적절한 활용 이미지가 없어 단순히 전산화의 연장선상에서 국가정보화를 추진하고 있다. 우리나라 젊은이들이 사병이 아닌 장교로서 즉, 단순한 프로그래머가 아닌 프로젝트 매니저나 기획자 등으로 일본에 가는 것이다."

"역사를 돌아봤을 때 지금까지 일본이 혁신할 수 있었던 것은 흑선이 나타나 일본의 개방을 요구하며 위협했던 시기에 절실한 위기감으로 이루어낸 '메이지 유신'과 국토가 초토화가 되었던 '태평양 전쟁' 때 뿐이었다. 이렇듯 이들은 쉽게 변하지 않지만 어느 순간 변할 수밖에 없는 환경이 오면 돌변할 것이다. 머지않을 그때가 오면 한국 기업에 커다란 찬스가 될 거라 기대한다. 일본은 원하든 원하지 않든 생산성 향상 혹은 디지털 트랜스포메이션을 꾀하지 않고는 살아남을 방법이 없고, 한국의 기술과 시스템 등은 일본의 훌륭한 동력이 될 수 있다."

- 염종순, 『일본관찰 30년』(한국이 일본을 이기는 18가지 이유)

따라서 앞으로 자의든 타의든 우리는 일본을 비롯하여 세계 여러 나라에 우리의 선진기술과 문화를 전하고 좋은 영향력을 행사하는 기회가 많아질 것은 분명해 보인다. 이 멋진 시대를 준비하는 사명감으로 외국어를 공부한다고 생각하면 자신이 더욱 더 멋지게 보일 것 같다.

교사는 무엇을 가르쳐야 하나?

"서울의대 합격증 줬잖아! 그게 소원이라며? 이제부터 내 인생 살 거야. 분명한 건 의대는 엄마 아빠가 원했던 거지 내가 원했던 게 아니라는 거야. 더 확실한 건 더이상 엄마 아빠 아들로 살고 싶지 않다는 거구."

"뭐라고? 그래서 부모 자식 인연을 끊겠다는 거야?"

"그래서 19년 버텨준 거야. 훈육을 했던 사육을 했던, 날 키워준 건 사실이니까. 하지만 난 더이상 지옥에서 살기 싫어! 당신 아들로 사는 거 지옥이었으니까."

2018년 특히 나 같은 교사들에게 직격탄을 날린 TV 드라마《스카이캐슬》의 한 장면이다. 부모의 기대와 압박을 온몸으로 견디며 서울의대에 합격한 아들 영재가 엄마에게 퍼붓는 말이다. 이 말을 들은 엄마는 충격을 받아 결국 사냥총을 자신의 목에 겨누고 스스로 목숨을 끊는다. 모든 학부모의 우상이자 존경의 대상이었던 엄마였다.

교사가 되고 지금까지 학생들을 가르치면서 늘 한 가지 고민을 안고 있었다. '어떻게 하면 아이들을 열심히 공부하도록 만들 수 있을까?' 참 어려운 일이다. 초임 시절에는 무조건 주입식으로 지식을 밀어 넣으려 애썼고, 그래야 성적도 오르고 대학도 잘 갈 수 있다고 믿었다. 나 역시 그런 교육을 받고 자란 세대여서 소위 '스카이대학'을 보내 놓고 마치 그것이 교사의 할 일을 다 한 것처럼 자랑스러워했다. 서울대에 몇 명 합격시켰느냐를 놓고 학교 간 경쟁도 치열하다. 심지어 자신의 실적을 올리기 위해 서울대를 가기 싫다는 학생에게 희생플라이(서울대 지원하여 합격만 시켜놓고 정작 진학은 자기가 가고 싶은 대학으로 가는 것)를 강요하는 고3 담임도 있었다. 아이들을 열심히 가르쳐서 좋은 대학에 많이 합격시키는 것은 분명 좋은 일임에 틀림없고 나름 자긍심도 가질 만하다. 그런데 시간이 지날수록 이런 마음을 가눌 수 없다.

'이게 다가 아닌데…'
'뭔가 더 중요한 것이 있는데…'
'좋은 대학에 합격시키는 게 교육의 끝은 아닌데….'

2006년 10월. 학교 홍보를 위해 인터넷 검색을 하다가 우연히 보게 된 글이 있었다. 인근 초록고등학교(가명)를 졸업한 졸업생의 글이었다.

"난 고등학교 때 줄곧 전교 1등을 놓치지 않았다. 내가 나온 초록 고등학교는 그저 그런 별 볼 일 없는 인문계 고등학교지. 선생들도 별로였고… 그래서 학교에 더 이상 기대할 게 없겠구나 판단하고 혼자 열라 열심히 공부해서 서울대에 합격할 수 있었지. 그런데 엊그제 우연히 학교 앞을 지나가는데 교문에 내 이름이 걸려있더라. '축 김00 서울대 00학과 합격'이라고… (ㅋㅋ) 정말 웃긴다. 지들이 해준 게 뭐가 있다고 나를 팔아 자랑질인지. 한심하긴… 내가 서울대 합격한 게 자기들이 잘 가르쳐서라고 착각하는 것 같아. 뭣도 해준게 없으면서… 나 처럼 독고다이로 진짜 열심히 할 자신 없으면 초록고는 가지 마라."

글 뒤쪽으로 갈수록 심한 욕이 나와 더 이상 소개를 못 하겠다. 당시 안산은 비평준화 지역으로 중학생들이 자신이 가고 싶은 고등학교를 선택해 시험을 치르고 입학하는 구조였다. 각 학교는 성적이 우수한(서울대를 갈만한) 중3 학생들을 많이 확보하기 위해 학교 홍보에 혈안이 되어 있었다. 따라서 서울대뿐만 아니라 명문대학에 합격한 학생들을 현수막에 적어 교문에 붙여 놓고 자랑하던 때이다. 나 역시 예외가 아니어서 학교 홍보에 열을 올리고 있던 터였다. 매년 10월이 되면 중3 학생들이 진학 고민이라며 ○○고등학교와 ○○고등학교 중 어디를 가야 할 지 문의하는 글들이 인터넷에 많이 올라오는 시기였다. 초록고 졸업생의 글은 이런 질문에 대한 답변이었다.

뒤통수를 한 대 맞은 것 같았다. 물론 우리 학교 졸업생이 아니라 다행이라고 생각할 수도 있고 대부분의 서울대 입학생들은 모교와 은사님들에게 감사한 마음을 갖고 있을 거로 생각할 수도 있었다. 하지만 이 글을 읽는 순간 왠지 마음이 너무 아프고 쓰렸다. '이러려고 그다지도 열심히 가르쳐 왔나?', '초록고 선생님들은 이 글을 봤을까?', '자신들의 제자가 졸업 후 이렇게 생각한다는 걸 알게 되면 얼마나 마음이 상할까.' 이런 상황도 모르고 자신이 서울대를 보냈다고 자긍심을 갖고 계실 그 졸업생의 고3 담임선생님을 생각하니 일이 손에 잡히지 않았다.

입시 위주의 교육이 얼마나 많은 문제점을 안고 있는지 선생님들은 다 안다. 이 소중한 나만의 지면에 수능이 어떠니, 입시제도가 어떠니 넋두리를 늘어놓고 싶지도 않다. 그 망할 놈의 사회현실이라는 것이 늘 뭔가 중요한 것을 가르치려는 선생님들의 발목을 잡기 일쑤다.

"아이들 수능 성적 떨어지면 선생님이 책임질 수 있어요?"라는 질문을 받으면 교사는 더이상 할 말이 없다. 엄연히 존재하는 학벌,

서열, 경쟁이라는 사회 분위기 때문에 자신의 제자가 좀 더 좋은 대학에 합격하여 순조롭게 출발하길 바라는 마음에 문제점을 알면서도 열심히 가르치려고 노력한다. 그런데 선생님들은 또 다른 한 가지도 분명히 잘 알고 있다. 공부 잘해서 서울대 합격한 제자들도 좋지만 스승의 날이나 평소 찾아오는 졸업생 중에 꼭 명문대가 아니더라도, 또는 공부도 못하고 땡땡이치기도 해서 선생님 속도 좀 썩여 본 녀석들이 너무나 멋지고 행복하게 사는 모습으로 고맙다며 찾아온다는 사실을.

서울대에 보내기 위해 몇 번이고 고민하면서 학교생활 기록부 내용을 많이 써주려고 신경 쓴 A라는 학생보다 그의 반의반도 신경 못 써줬던 B라는 학생이 찾아와 오히려 고맙다고 인사한다. A는 그 흔한 카톡 한번 없는데… 날 찾아온 B에게 고마우면서도 미안한 마음이 드는 순간이다.

학생들이 학교에서 좀 더 재미있게 공부했으면 좋겠다. 재미까지는 아니더라도 대학 그 자체만이 아닌 뭔가 자신이 세운 목표나 꿈, 좋아하는 것을 위해 공부했으면 좋겠다.

"선생님. 제가 무엇을 좋아하는지 모르겠어요."

"선생님. 전 목표나 꿈같은 게 없어요."

"선생님. 저는 뭘 잘하는지 모르겠어요."

상담할 때마다 아이들에게 자주 듣는 말이다. 그럼 난 이렇게 말해 준다.

"거창한 꿈이나 목표만이 좋은 게 아니란다. 어찌 보면 그것 또한 허상이고 무모한 도전일 수 있지. 어렸을 때부터 교사를 꿈꾸며 열심히 공부해 사범대학까지 나와서 교사가 된 사람이 있다고 치자. 그런데 막상 교사가 되고 보니 이 길이 내 적성에 안 맞는 일이라고 깨닫는다면 얼마나 낭패냐. 그런 교사가 학생들을 제대로 가르칠 수 있겠니? 학창 시절에 자신이 잘할 수 있고 적성에 맞는 일이 분명 여러 번 그 학생에게 노크했을 텐데 교사라는 꿈만으로 가니 그 노크 소리를 제대로 듣지 못했을 수 있는 거야. 지금 너에게 특별히 하고 싶은 일이 없다는 건 반대로 정해지지 않은 많은 분야로 갈 수 있는 가능성이 열려있다는 거지. 그러니 너무 낙담하지 말고 현재에 충실하면 된다. 예를 들어 볼까? 네가 1층 중앙현관에서 제일 꼭대기에 있는 6층 시청각실로 가려 한다고 생각해 봐. 중앙현관 로비에서 가장 먼저 뭐가 눈에 보이니?"

"계단이요."

"그렇지. 2층으로 올라가는 계단이 보이지. 그런데 그 계단 앞에서 6층 시청각실이 보이니?"

"아니요."

"그래, 당연히 안 보여. 2층도 안 보이지. 근데 계단을 하나씩 걸어 오르다 보면 곧 그 계단이 꺾여 다시 2층으로 올라가는 계단이 보이고 거기서는 2층도 보이지. 그런 식으로 한 계단 한 계단 오르다 보면 3층도 보이고, 4층도 보이고 결국 시청각실까지 갈 수 있단다."

"뭐하러 그렇게 힘들게 걸어 올라가요. 1층에서 엘리베이터 타면 금방 6층까지 갈 수 있는데…(ㅋㅋ)"

"흐흐 그러네. 네 말이 맞다. 근데 잘 생각해 보아라. 그걸 타면 빠르고 편하게 올라갈 수는 있지만 계단을 오르며 인사를 나누는 선생님이나 친구들은 만날 수 없지 않니? 어떤 선생님이 너에게 좋은 인상을 받아 친해질 수 있고, 또는 만난 김에 좋은 정보를 줄 수도 있고, 친구들도 마찬가지고, 무엇보다 힘들게 올라간 만큼 시청각실에서의 모임이 더 소중하고, 뭔가 여기까지 올라온 자신에 대한 대견함 같은 게 있지 않을까? 여러 경험과 시련을 통해 얻은 게 더 소중히 느껴지고 오래 간직하고 싶은 것처럼. 그 엘리베이터는 장애우나 나이가 많이 드신 분을 위해 양보했다고 생각하면 그 또한 뿌듯하고 말이야. 운동이 되니 살이 빠지고 예뻐지는 건 당연한 거고. 내가 무엇을 가장 좋아하고 잘할 수 있는지 모르겠으면 당장 네 앞에 놓인 수업 한 시간 한 시간, 동아리, 각종 학교 행사, 학급 활동 등에 최선을 다해 보아라. 그러다 보면 너도 모르게 새로운 2층이 보일 것이고, 또 네 앞에 주어진 것들을 열심히 하다 보면 3층, 4층이 보이게 될 테니."

나는 학생들이 작은 목표라도 성취해서 자존감을 잃지 않았으면 좋겠다. 선생님과 인간적으로 더 친해졌으면 좋겠고 수능의 노예가 아닌 자기 인생의 주인공으로 당당하게 생활했으면 좋겠다. 그러기 위해서 교사는 어떤 역할을 해야 할지가 늘 고민이다. 사회는 급격하게 변하고 있는데 교육은 아직도 제자리라는 말을 많이 듣는다.

군대로 말하자면 드론, 스텔스, 에이사 레이더 등 최첨단 무기체계가 발달한 시대에 옛날식 카빈총으로 전투하는 방법을 가르치고 있는 느낌이랄까?

좋은 수업이란…
— 다시 생각해 본 교사의 역할

나의 중 · 고등학교 시절 수업 장면을 기억해 보자. 적지 않은 선생님들이 낡은 노트 한 권을 수업 시간에 갖고 들어오셨다. 수업을 알리는 종이 울리고 한참 있다 들어오신 선생님들의 첫마디는 "오늘 어디 할 차례지?"였다. 반장이나 공부 좀 한다는 학생이 "지난 시간에 여기까지 하셨어요."라고 대답하면 선생님은 자동으로 자신이 가지고 들어 온 노트를 펼치시고 칠판 맨 왼쪽으로 가서 판서하기 시작했다. 그러면 학생들은 일제히 약속이나 한 것처럼 자신들의 노트에 받아 적었다. 간혹 말썽꾸러기 학생들은 그 시간에 쪽지를 돌리기도 하고, 친구와 작게 잡담하기도 하고, 심지어 몰래 도시락 까먹는 녀석들도 있었다. 그렇게 약 20분 이상을 칠판에 빼곡히 판서하고 우리가 다 필기할 때까지 선생님은 그냥 칠판 옆에서 기다리셨다. 심지어 창가로 가서 담배를 피우는 선생님도 계셨다.

그리곤 얼마의 시간이 흘러 "필기 다 했나?"라고 말씀하시곤 자신이 쓴 판서 글씨를 흐뭇하게 바라보며 하나씩 설명하고 그게 끝나면 수업 시간이 칼처럼 끝났다. 그때는 왜 그렇게 선생님들의 판서가 훌륭하게 보였는지 모른다. 하나같이 명필이었다. 줄도 맞았고, 칼 같은 각이 살아 있었으며 예쁘기까지 했다. 1만 시간 법칙(10년의 법칙)의 결과가 아닌가 싶다. 매일같이 3시간씩 수업하며 10년 이상 이렇게 칠판에 글씨를 썼을 테니까 말이다.

시대가 많이 변했다. 교사들의 전유물이었던 지식은 이제 누구나 어디서든 손쉽게 얻을 수 있다. 어쩌면 교사보다 더 많은 정보와 지식을 얻을 수 있는 매체들이 넘쳐난다. 영화 드라마 인터넷 유튜브 등 공부할 '마음'만 먹으면 얼마든지 공부할 수 있는 것들이 넘쳐나는 시대다. 문제는 이 '마음먹기'가 참 어렵다. 마음을 먹더라도 그 마음을 계속 지속시키기가 여간 어려운 게 아니다. 어떻게 하면 아이들이 '마음'을 먹게 하고 그 마음을 지속시킬 수 있을까?

2001년 2학년 일본어를 가르칠 때 일이다. 이복자라는 여학생이 있었다. 다른 과목 성적은 우수하지 않았지만 일본어만큼은 정말 열심히 공부하는 친구였다. 누구보다 먼저 숙제를 해 왔고 수업 시간에는 초롱초롱한 눈으로 하나라도 놓칠세라 내 수업을 열심히 들었던 아이이다. 대학도 일본어 쪽으로 진학하고 싶어 했다. 그랬던 복자는 고3이 된 2002년. 한일 월드컵 4강전에서 우리나라와 만난 터키 선수들에게 홀딱 반해버린다. 그의 눈에 비친 터키 축구 선수들은 너무나 잘생겼고, 한국과 형제의 나라라고 말하는 선수들을 보며 친근하게 느껴졌다고 한다. 복자는 그런 그들은 보며 바로 터키 유학을 결정해 버렸다. 본인이 터키대사관을 찾아가 관련 정보를 검색하고 터키어를 배우기 시작하더니 고등학교를 졸업하자마자 터키에 있는 대학으로 유학을 떠났다. 그는 지금 터키어와 영어를 유창하게 구사한다. 국제학교에서 영어 교사도 했다. 복자에게 있어서 '마음'을 먹게 한 것은 그 2002 한일 월드컵 단 한 방이었다.

이처럼 학생들은 스스로 뭔가에 꽂히면 누가 시키지 않아도 알아서 공부한다. 복자의 경우는 좀 유별난 경우일 수 있으나 학생들이 뭔가 '마음'을 먹게 할 수 있는 그 무언가가 필요하다. 선생님들은 제자들이 써준 편지에 이렇게 적혀 있는 것을 자주 보곤 한다.

'선생님 덕분에 수학이 재밌어졌어요.'
'선생님이 열심히 가르쳐 주셔서 수업 시간이 금방 가요.'
'선생님 덕분에 영어에 흥미가 생겼어요.'

학생이 처음 공부에 관심을 두게 되는 것은 교사의 역할이 크다. 난 꼰대라서 그런지 온라인 수업은 재미없다. 내가 재미없는데 학생들은 얼마나 재미없을까? 교실에서 아이들과 직접 부딪히면서 수업하는 게 훨씬 더 좋다.

내가 앞으로 언제 퇴직하게 될지 모르겠지만 이제부터는 단순한 지식 전달이 아닌, 오로지 명문대 합격만을 위한 것이 아닌, 수업 시간을 활용하여 최대한 학생들에게 관심과 흥미를 유발할 수 있도록 끊임없이 연구하고 노력해 봐야겠다.

> 좋은 수업도 한 편의 좋은 영화, 심금을 울리는 한 곡의 노래와 마찬가지가 아닐까 합니다. 그 수업에서 다루는 지식이 학생들의 삶의 어느 부분에 밀접하게 맞닿아 있어야 하고, 어떤 지식에 대해 학생 스스로 관심을 가지고 자발적으로 확장시킬 여지를 던져줘야 합니다. 단순히 지식 그 자체만을 전달하는 것이 아니라 그 지식을 활용할 방법에 대해 성찰할 수 있도록 해야 한다는 얘깁니다. 또한 그 지식 외의 것에 대해서도 관심을 갖도록 해줘야 하죠.
>
> - 한동일, 『라틴어수업』

딱 내가 평소 고민하고 생각했던 말이다. 지금까지 위와 같은 수업을 하려고 노력해 왔다. 그러니 앞으로도 나와 뜻을 함께하는 선생님들과 어떻게 하면 학생 스스로 관심을 가지고 자발적으로 확장할 여지를 던져줄까 고민해야겠다. 오지랖일지 모르나 정규 수업 시간 외에도 다양한 방과 후 수업이나 자율 활동, 동아리 활동 등의 프로그램을 깔아주어 학생들이 자신이 관심 있어 하는 분야를 발견하고 그것을 위해 공부하고 싶어지는 '마음'을 먹게 해 주어야겠다. 그래야 작은 관심이 홍미를 불러일으키고 결국 오랫동안 지속해서 공부하는 힘(1만 시간의 법칙)이 생길 것 같다. 이렇게 될 수만 있다면 명문대 합격은 덤으로 따라오리라 믿는다. 명문대가 아니어도 어떠랴. 노벨상을 받게 될 텐데.

국내 창의성 교육 연구의 일인자 임웅 교수(교원대)는 제발 중·고등학교에서는 너무 빨리 나가려고만 하지 말고 아이들이 관심을 가질 수 있도록 실패해도 좋으니 아주 천천히 가르쳤으면 좋겠다고 말한다. 그래야 10년을 지속할 힘이 생기고, 창의성이 발현되며 결국 노벨상도 탈 수 있는 거라고….

따라서 고등학교까지는 이 10년이라는 지루하고 오랜 시간을 버티며 공부할 힘, 즉 지식의 근육을 키워주는데 더 노력해야 한다는 것이다. 근육이란 오랜 시간에 걸쳐 조금씩 천천히 만들어지는 것이다. 단기간에 몸짱을 만든다고 파우더나 이상한 약을 복용하면 탈이 나기 마련이다.

수능이 버티고 있는 상태에서 어렵다는 것도 잘 알고 있다. 하지만 선생님은 1시간 내내 열심히 수업하는데 아이들은 멍하니 앉아 있거나 엎드려 자거나 딴짓하는 수업 시간보다 진도는 덜 나가더라도 과목과 관련된 여러 재미있는 이야기를 아이들과 나누는 수업이 차라리 더 나을 것 같다. 어쨌든 뷔페처럼 여러 가지 것들을 맛보고 경험하게 해주고 싶다. 그래서 단 몇 명이라도 선생님에게 감화를 받거나 그중에 자기 입맛에 꽂히는 음식을 발견하여 빈 접시를 들고 다시 뷔페 테이블로 혼자 성큼성큼 나가게 만들고 싶다. 그러면 적어도 초록고 졸업생의 글처럼 '지들이 해준 게 뭐가 있다고 자랑질이야.' 같은 말은 듣지 않을 것 같다.

서울대는 수십 명씩 합격시키는 학교인데 졸업생 중 한 명이라도 초록고 졸업생처럼 말하는 학교에서는 정말 근무하기 싫다. 서울대는 많이 못 보내지만 자신이 하고 싶은 것을 찾았다고 고마워하는 졸업생이 많은 학교에서 근무하고 싶다. 어느 노벨상을 받는 학자가 수상 소감에서 내가 이 분야를 연구할 수 있게 된 계기는 고등학교 때 ○○○ 선생님 덕분이라고 말한다면 그 선생님은 서울대 100명 보낸 선생님보다 훨씬 더 자랑스럽고 행복할 것 같다. 내 오지랖이 넓고 지나친 꿈일지 모르지만 그런 학교에서 교직 생활을 마치고 싶다.

4장

기억의 습작

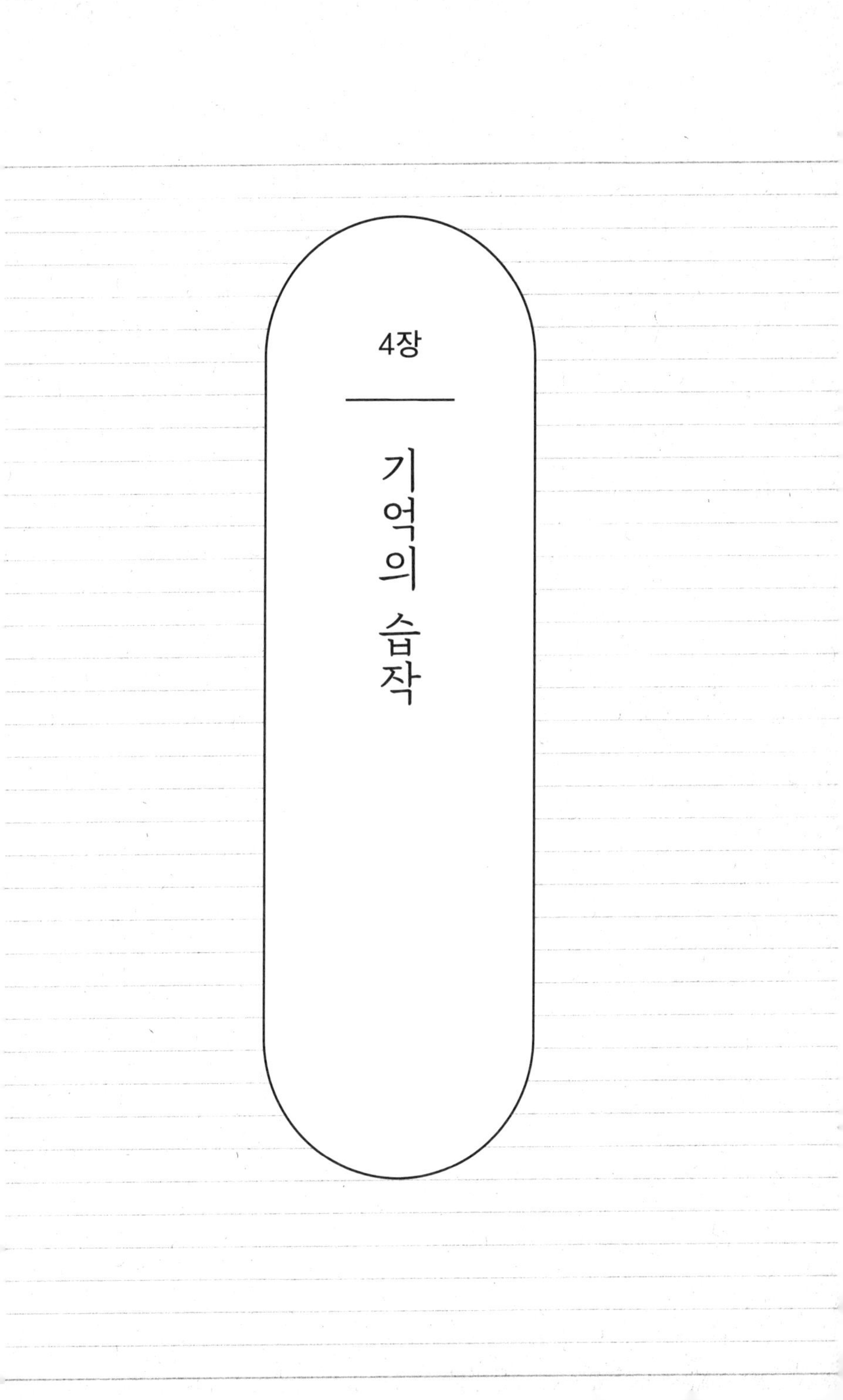

내 두 다리와 온몸으로 오롯이 제주를 느낀다.
아무도 없는 올레길.. '제주'라는 여신과 내가 단둘이 데이트 중이다.
한 걸음 한 걸음 부드러운 땅이 그렇게 날 받아 주었다.
그동안 몇 번이고 왔어도 느끼지 못했던 소박하고도 아름다운 매력.
나에게 이런 올레를 만나게 해준 서명숙 작가와 제자이자 교육 동지, 조은영
선생이 정말 고맙다.

이런 인연
— 우연히 만난 일본 신사

1993년 여름. 대학 동기들과 제주도로 수학여행 갔을 때 일이다. 김포공항에 약속 시간보다 40분이나 일찍 도착한 나는 공항 대합실을 두리번거리고 있었다.

'뭘 하면서 친구들을 기다릴까?'

그러다가 갑자기 전공인 일본어를 써먹어 보고 싶어졌다. 당시만 해도 원어민과 대화할 기회가 별로 없었다. 일본인 같이 생긴 사람을 찾아 주위를 둘러보았다. 그런데 바쁘게 어딘가로 가고 있는 일본인을 무작정 잡고 말을 걸기가 어려웠다. 일본인들은 모르는 사람이 자기 쪽으로 다가오면 극도로 민감해지고 경계하는 경향이 있기 때문이다. 가만히 살펴보니 대합실 한쪽에서 구두 닦는 아저씨에게 자신의 구두를 맡겨 놓고 의자에 앉아 신문을 보고 있는 중년 남성이 보였다. 딱 보기에도 일본사람 같은 인상이었다. 나이는 아버지뻘 되는 50대 중후반 정도였고 양복을 말끔하게 차려

입고 있었다.

'그래~ 어차피 구두가 닦아질 때까지 저기 앉아서 기다려야 하니 그사이 말을 걸어봐도 되겠구나.' 천천히 그에게 다가가 일본어로 말을 걸었다.

"저~ 실례합니다. 혹시 일본 분이신가요?"

"네. 그렇습니다만…"

"아. 저는 한국에서 일본어를 전공하고 있는 대학생입니다. 일본인과 대화해 보고 싶어서 이렇게 말을 걸게 되었습니다만 잠시 괜찮으신지요?"

"아~ 그래요? 네. 괜찮아요."

"지금 어디 가시는 길이신가요?"

"울산 갑니다."

"아~ 그러시군요."

여기까지는 잘 나갔다. 그런데 갑자기 더 이상 할 말이 없었다. 무슨 말을 해야 할지 도무지 일본어가 떠오르질 않았다. 시쳇말로 멘붕이 온 것이다. 그때부터 평소 일본에 대해 생각했던 감정을 그냥 내뱉기 시작했다.

"어떻게 생각하실지 모르겠지만 저는 일본은 한국에게 선진기술을 무상으로 넘겨줘야 한다고 생각합니다."

"네?"

이게 무슨 말 같지도 않은 말인가? 일본 신사 분도 황당한 표정을 짓고 있었다. 그런데 어차피 한번 보고 말 사람이니 그냥 거침없이 이어나갔다.

"예전에 우리나라가 일본에 선진 문화를 전해줄 때 돈을 받았나요? 한자를 비롯하여 수많은 선진 문물과 기술을 일본으로 전해주었지만 그때마다 돈을 받고 팔지는 않았습니다. 선린외교의 일환으로 문화교류를 통해 자연스럽게 일본에 영향을 주었지요. 그런데 지금은 일본이 한국보다 앞선 기술이 많아졌으니 지금이야말로 일본이 한국에게 보은(報恩)할 기회라고 생각합니다. 따라서 일본의 선진기술을 무상으로 한국에 전해주고, 다가오는 21세기 태평양 시대에 함께 어깨를 나란히 하고 세계를 이끌어가야 한다고 생각합니다."

이건 대화가 아니라 일방적인 주장(?)이었다. 묵묵히 듣고 있던 일본인이 뭔가 말하려고 입을 열었다. 일단 내가 말한 일본어가 통한 것은 분명해 보였다. 그런데 지금부터 그가 말하는 일본어를 다 알아들을 수 있는가가 문제였다. 그래서 급한 마음에 대충 얼버무리고 돌아서서 약속 장소로 도망가듯 발걸음을 재촉했다. 급하게 돌아서 가는 나를 그가 쫓아와 불러 세웠다. 그냥 무시하고 갈까

하다가 슬리퍼 차림으로 빠르게 쫓아온 그에게 그만 따라잡혀 버렸다.

"저기 대학생이라고 했죠? 이름이 뭐예요? 이름과 연락처를 알려주면 내가 다음에 한국 올 때 꼭 다시 만나 천천히 이야기할 수 있을 것 같은데…"

이미 양복 안주머니에서 수첩과 펜을 꺼내 손에 들고 있었다.

'설마 이 아저씨가 진짜로 연락하겠어? 일본인들 습성이 그렇듯 그냥 예의상 물어보는 걸 거야.'라고 생각하고 별생각 없이 이름과 전화번호를 알려줬다.

"네. 장희걸이라고 합니다. 당신은요?"

"오마키 아키라입니다."

성의 없이 알려주고 그 길로 친구들을 만나 제주행 비행기에 올랐다. 제주에서 정신없이 즐거운 시간을 보내고 돌아온 지 보름이 지났을까? 집으로 전화가 걸려왔다. 어머니가 받으셨다.

"여보세요? 네? 뭐라고요? 똑바로 말을 해! 말을!"

"엄마. 누군데 그래요?"

"글쎄 어떤 놈이 장난 전화를 하는지 전화를 걸어 놓고 못 알아듣는 말만 하잖냐."

내가 전화기를 받아 들었다.

"여보세요?"

"아~ 저~ 잔 히고루상 지비므니까?"

일본사람의 서툰 한국어 발음이라는 걸 금방 알아차렸다. 오마키 씨였다. 난 공항에서의 일을 까맣게 잊고 있었다.

"아~네. 그렇습니다." 일본어로 대답했다. 그리고는 공항에서처럼 일본어 대화가 다시 시작되었다.

"아. 오마키 아키라입니다. 나 기억하나요? 공항에서 만났는데…"

"네. 기억합니다. 반갑습니다. 진짜로 전화 주셨네요."

"여기 코리아나호텔인데 잠깐 만날 수 있을까요?"

별생각 없이 그냥 시간이나 때우려 몇 마디 말 건 것뿐인데 이렇게 연락이 오다니 갑자기 부담스럽기도 하고 겁이 났다. '혹시 야쿠자인가? 그럼 어떡하지?'

일단 알았다고 하고 잠시 생각에 잠겼다.

'왜 연락했을까? 26살짜리 어린놈에게 느닷없이 말도 안 되는 주장을 듣고 반박을 못해서인가? 보통 이런 경우 진짜로 연락하는 사람은 없는데…'

찜찜한 마음을 안고 호텔로 찾아갔다. 혹시 몰라 친구 중에 가장 싸움을 잘하는 진중이(별명: 영등포의 빨간 벽돌)를 꼬셔서 사정을 이야기하고 같이 가자고 했다. 진중이는 의리를 중요시하는 친구로 평소에도 이런 일이 있으면 흥분하면서 발 벗고 나서는 친구였다. 항상 주먹(?)이 필요하면 자기에게 부탁하라고 말하곤 했다. 호텔 방 앞에 도착한 나는 진중에게 말했다.

"일단 내가 먼저 들어갈게. 혹시 안에서 이상한 소리가 들리면 바로 튀어 들어와 줘."

"혼자 괜찮겠냐? 알았다."

벨을 눌렀다. 그런데 오마키 씨는 아주 반갑게 맞이해 주었다. 호텔 룸서비스로 피자까지 주문해 놓고 있었다. 테이블에 앉자 오마키 씨는 이야기를 시작했다.

"난 젊었을 때부터 비즈니스를 위해 일본과 한국을 자주 오갔어요. 그런데 당신같이 내게 말을 걸어온 젊은이는 없었어요. 처음에는 당황하기도 하고 이상해서 일본인이 아니라고 말하고 싶었지요. 하지만 당신이 나쁜 사람은 아닐 것 같다는 생각이 들더군요. 그런데 제대로 말도 못 하고 바로 떠나는 바람에 아쉽기도 하고 더 만나보고 싶어 이렇게 연락했습니다."

오마키 씨는 내가 처음 일본어를 전공하기로 결심했을 때 꿈꿨던 직업. 한국과 일본을 오가는 비즈니스맨. 바로 그 일을 하고 있는 분이었다. 물론 일본 입장에서 일하는 것이지만 영업의 백전노장이 지나가던 일개 대학생이 한 말을 귀담아듣고 수첩에 기록했다가 연락을 준 것이 신기하기만 했다. 한 참 얘기를 듣고 있다가 갑자기 밖에서 날 기다리고 있는 진중이가 생각났다. 오마키 씨에게 친구를 왜 데리고 왔는지 솔직히 말하고 진중을 방으로 불러들였다. 우리 셋은 한바탕 웃었다. 이렇게 다시 만나게 된 우리는 오랜 시간 한국과 일본의 경제, 문화, 정치에 대해 여러 가지 이야기를 나누며 시간을 보냈다. 무슨 말인지 알아듣지 못하는 진중은 옆에서 피자만 먹고 있었다. 아마 꽤 지루했을 것이다. 오래전 대화지만 그때 그가 말한 몇 가지는 또렷하게 기억한다. 이제부터 그의 주장이 시작될 차례였다.

"나는 일본이 전쟁으로 폐허가 된 상태에서 어린 시절을 보냈습니다. 참으로 가난하고 어려운 시절이었죠. 물론 당신은 일본이 전쟁을 일으켰기 때문에 당연한 대가를 치른 것이라 생각하겠지만 그것은 일부 정치인들의 잘못된 판단이었어요. 그들의 잘못된 판단 때문에 정작 피해를 본 건 선량한 일본 국민이었습니다. 나도 당신 생각처럼 일본과 한국이 어깨를 나란히 하고 진정한 선진국이 되어 사이좋게 세계를 이끌기를 바랍니다.

그러자면 역사적인 문제가 해결되어야 하는데 일본 정치인 중에는 아직도 그 시대의 사상에 집착하는 인간들이 많습니다. 그러니 늘 걸림돌이 되죠. 비즈니스를 하다 보면 한국인들 참 정이 많고 친절하다고 느끼는 순간이 많습니다. 일본을 미워할 때도 있지만 막상 개인적으로 일본인을 만나면 대부분 잘 대해줍니다. 일본인의 친절함과 한국인의 친절함에는 뭔가 다른 게 있는 것 같아요.

일본인은 비즈니스를 위해 친절하게 대하긴 하지만 그것으로 끝나는 경우가 많지요. 비즈니스는 어디까지나 비즈니스니까요. 그런데 한국인들은 비즈니스가 끝나도 자신의 집으로 초대한다거나 가족을 소개해준다거나 하는 경우가 종종 있어요. 그만큼 한 번 마음을 열면 공적이건 사적이건 함께 공유하고 다 주려고 하는 것 같아요.

일본인 중에도 한국과 친해지길 바라고 역사에 대해 미안한 감정을 갖고 있는 사람이 분명 있다는 걸 알아주었으면 해요. 그러니 당신과 나 같은 사람들이 자주 만나 서로 이야기하고 오해를 풀고 친해진다면 일본과 한국도 진정한 친구가 될 수 있지 않을까요?

나는 오래전부터 한 달에 한두 번씩 한국과 일본을 오가며 비즈니스를 해 왔습니다. 그런데 시간이 갈수록 한국 사람들 참 대단하다는 생각이 들더군요. 물론 지금은 여러 분야에서 일본이 앞서있기는 하지만 무서운 속도로 일본을 추격하고 있습니다. 내가 처음 비즈니스를 시작할 때와 비교해봐도 그래요. 이대로 가다가는 당신 말처럼 한국이 오히려 일본에 기술을 이전해 주어야 할 시대가 올지도 모릅니다. 나는 그것을 양국의 젊은이들을 보며 느낍니다. 한국의 젊은이들은 당신처럼 역사의식, 애국심, 뭔가 해보겠다는 열정이 있어 보여요. 그런데 일본의 젊은이들은 그런 것이 좀 부족한 것 같아요. 우리 세대가 고생하며 일궈놓은 부의 향연을 즐기며 자란 일본의 젊은 세대들이 과연 앞으로 치열한 국제 경쟁을 뚫고 나아갈 수 있을까 걱정입니다."

일본인 중에 이렇게 말이 통하는 사람을 만난 건 처음이었다. 이 때만 해도 외국인을 만나고 사귈 기회가 흔치 않았다. 그때부터 오마키 씨는 한국에 올 때마다 꼭 나에게 연락해 주었고 여러 이야기를 나누면서 우리는 친해졌다. 성격으로 보나 행동 패턴을 봐도 놀기 좋아하고, 감정적이면서도 정이 많은 사람이었다. 내가 배우고 생각했던 일반적인 일본인과는 달랐다. 때로는 혹시 한국인이 아닐까 하는 의심까지 들었다.

그 후로도 아버지뻘 되는 분과의 우정은 세대를 뛰어넘어 오랫동안 지속되었다. 하도 만날 때마다 맛있고 비싼 음식을 사줘서 가끔 내가 몰래 계산하려 하면 한국 사람처럼 어느샌가 달려 나와 학생이 무슨 돈이 있냐며 자기가 계산했다. 한 번도 내가 밥값 내는 일을 허락하지 않았다. 내 지인들을 그에게 소개해 주었고 나 역시 그를 통해 많은 일본인을 만날 수 있었다. 그리고 내가 한국인의 문화와 정(情)을 알려주려고 노력하는 만큼 그도 내가 몰랐던 일본의 여러 가지 것들을 알려주었다. 그뿐만 아니라 일본으로 유학 간 내 친구들에게도 물심양면으로 도움을 주었다. 때론 논쟁도 하고, 때론 스스럼없는 부자지간처럼 어깨동무하고 술에 취해 명동 밤거리를 노래 부르며 돌아다니기도 했다. 내가 진로 때문에 고민할 때도 "장군. 너는 분명 좋은 선생님이 될 거야."라며 항상 격려해 주었고, 경안고에 정교사로 합격하자 자기 자식 일처럼 기뻐하며 일본에서 날아와 축하해주었다.

"장군이 평생 꿈을 펼칠 학교인데 내가 꼭 한번 방문하고 싶네."

그냥 인사치레인 줄 알았는데 정말로 학교에 방문해 교장 선생님에게 나에 대해 좋은 이야기를 해주기도 하고, 제자들에게는 한국과 일본의 역사에 대해 특강을 해 주기도 했다. 내가 결혼을 했을 때나 아들이 태어났을 때, 인생의 중요한 날마다 항상 옆에서 축하와 격려를 아끼지 않았다. 적어도 그와 나 사이엔 진정한 한일관계가 성립되어 있었다. 그것은 한국에 대한 일본인의 진정 어린 반성과 사과가 밑바탕이 되었기 때문이다. 30년이 넘는 나이 차이는 우리의 우정에 전혀 문제가 되질 않았다.

그와의 우연한 만남이 예사롭지 않다고 느낀 일이 있다. 그를 처음 만난 지 10개월 정도 지났을 때였다. 1994년 4월. 국제교류기금에서 주관하는 일본 문부성 초청 국비연수생 선발시험에 합격하여 일본에 간 일이 있다. 일주일간 도쿄 우라와(浦和)에 있는 연수센터에서 연수를 마치고 3일 동안 연수 여행차 신칸센을 타고 교토로 향하고 있었다. 도쿄를 떠난 신칸센 열차는 오사카역에 잠시 정차 중이었다. 조금 피곤했던 나는 창가에 기대어 잠깐 잠들어 있었는데 갑자기 밖에서 누군가 창문을 두드리는 소리에 잠이 깼다. 깨어보니 창을 두드리고 있는 사람이 다름 아닌 오마키 씨가 아닌가.

잠시 이게 꿈인지 생시인지 구분이 안 돼 버벅거리는 사이 열차는 다시 출발했다. 연수가 끝나갈 무렵 오마키 씨를 만나 어떻게 된 건지 알 수 있었다. 그때 오마키 씨는 출장차 오사카에 가는 길이었다고 한다. 플랫폼으로 내려가는데 어디서 많이 본 사람이 창문에 기대어 자고 있어 자세히 보니 나였던 거다. 반가움에 창문을 두드렸고 빨리 열차가 다시 출발하는 바람에 그저 손만 흔들었던 것이다. 하필 같은 시간, 같은 신칸센에 타고 있었고 그것도 일본 오사카역에 잠깐 정차한 사이에 만나다니. '어차피 만날 수밖에 없는 인연이라는 게 바로 이런 것인가?' 이렇게 생각하며 우리는 '좋은 인연(良緣)'이란 주제로 또 한바탕 즐거운 시간을 보냈다. 오마키 씨는 은퇴한 후에도 매년 연말이 되면 부인과 함께 내가 사는 안산 집으로 방문하여 우리 가족과 함께 식사하면서 즐겁게 지냈다. 그렇게 1993년에 처음 맺은 우리의 인연은 20년간 이어졌다.

2012년 11월. 오마키 씨 부부가 한국을 찾았다. 매년 연말이면 우리 가족을 보러 오시던 오마키 씨였지만 이날은 달랐다. 건강이 많이 안 좋은 상태였다. 눈이 침침해져 계단도 부축 없이는 못 내려갔고 몸도 많이 쇠약해지셨다. 우리가 처음 만났던 코리아나호텔에 묵고 있다고 해서 내가 그곳으로 찾아갔다.

"장군. 아무래도 내가 이번이 마지막 한국 방문이 될 것 같네."

"무슨 말씀을요. 이렇게 아직 건강하신데요. 뭐 드시고 싶은 거 있으세요?"

"우리가 만난 지 얼마나 됐지? 한 20년 됐나?"

"네. 벌써 그렇게 됐네요."

"20년이라… 그렇군. 설렁탕이 먹고 싶어 왔네. 일본에서는 도저히 이 맛을 느낄 수 없어서 말이야."

"가시죠. 제가 부축해드릴게요."

아주 천천히 그를 부축하고 호텔 근처 설렁탕집으로 향했다. 오마키 씨는 그 맛있는 설렁탕을 다 드시지 못했다. 내가 먼저 일어나 계산을 했다. 다른 때 같으면 득달같이 달려와 자기가 내야 한다고 난리 쳤을 텐데 그날은 조용히 그저 미소만 지으며 날 바라보고 계셨다. 마치 마지막으로 내가 사주는 한 끼 식사를 먹고 싶었다는 듯이…

한 달 후 2012년 12월 22일. 일본에서 부고가 날아왔다. 난 나의 가장 친한 친구 진영이와 만사를 제쳐두고 일본으로 날아가 장례식에 끝까지 함께 했다. 친구 진영이 역시 내 소개로 오마키 씨를 알게 되어 매우 친한 사이였다. 어찌 보면 비즈니스를 하는 그 녀석이 오히려 오마키 씨와 통하는 부분이 많았을 터였다. 일본은 우리와 달리 관속의 시신을 장례식 내내 뚜껑이 열린 채로 공개한다. 난 오마키 씨 얼굴을 쓰다듬으며 말했다.

"오마키 씨 당신과 나는 정말 좋은 인연(良縁, りょうえん)이었습니다. 그동안 감사했습니다. 안녕히 가세요."

어느덧 세월은 흘러 내 나이는 오마키 씨가 나를 처음 만났을 때의 나이가 되었다. 그의 예측대로 한국이 일본보다 여러 분야에서 추월할 정도로 많이 발전했다. 지금 만약 내가 일본 공항 대합실에서 구두를 닦고 있는데 어떤 일본 젊은이가 한국어를 전공한다며 말을 걸어온다면, 또 한국 엔터테인먼트의 선진 시스템을 무상으로 일본에 전해주어야 한다고 황당한 주장을 한다면, 난 오마키 씨처럼 그 젊은이에게 전화해서 맛있는 음식을 사주며 소중한 만남을 오래 이어갈 수 있을까? 내가 죽었을 때 그 젊은이가 만사를 제쳐두고 일본에서 날아와 나의 장례식에 끝까지 함께할 인연을 만들 수 있을까?

인연이란…
— 결과를 만드는 힘

2017년 11월 12일. 일본어에 관심 있는 제자들을 데리고《사신연의 꽃》이라는 한일문화교류공연을 관람하기 위해 장충동에 있는 국립극장으로 향했다. 공연이 끝나고 화장실에서 소변을 보고 있는데 이게 웬일인가. 바로 옆 소변기에 서 있는 사람이 다름 아닌 유길동 교수님이었다. 1996년 12월. 내가 경안고에 시험 볼 당시 수업실기시험에 여러모로 도움을 주셨던 바로 그분이 서 있었다. 실로 21년 만에 우연히, 다른 곳도 아닌 화장실 바로 옆 소변기에서 이렇게 만나다니. 물론 경안고에 합격하고 식사라도 대접하려고 몇 번이고 전화를 드렸다. 하지만 합격에 도움이 되었으면 그것으로 족하다며 절대 기회를 주시지 않아 만나지 못했다. 민망해하실까봐 일부러 볼일이 끝날 때를 기다렸다가 따라가 인사를 드렸다.

21년 전 교수실로 찾아갔을 때 한양여자대학교 교수님으로 재직하셨다가 후에 총장까지 역임하시고 지금은 퇴직하셨다고 했다. 역시 남다른 인성을 갖고 계셔서 총장까지 하셨구나라고 생각했다. 그런데 정말 더 놀랄 인연이 남아 있었다.

"지금도 교직에 있지?"

"네. 그럼요. 교수님 덕분에 여전히 잘 근무하고 있습니다."

"학교가 어디라고 했지?"

"안산에 있는 경안고등학교입니다."

"그래? 허! 그 학교에 내 친한 친구 아들도 근무하는데…"

"네? 그게 누군데요?"

"물리과목인데… 정 뭐시기였더라."

"정오남 선생님이요?"

'이럴 수가! 또 이렇게 인연이 이어지다니.'

정오남 선생님은 내가 친형제보다 더 아끼고 사랑하는 후배 교사다. 이런 인연의 끈이 또 어디 있으랴. 일단 급히 가셔야 한다고 해서 다음에 만나 뵙기로 하고 나도 제자들을 데리고 안산으로 돌아왔다. 그 후로 얼마 후 정오남 선생님과 그의 부친(유길동 교수님 친구), 그리고 나와 유길동 교수님의 만남이 성사되어 식사 자리를 가질 수 있었다.

살다 보면 기막힌 우연의 경험을 한두 번씩은 하는 것 같다. 그때마다 우리는 '세상 참 좁구나.'라고 느끼곤 한다. 만날 수밖에 없는 필연적인 인연. 참 신기한 일이 아닐 수 없다. 오마키 씨와 유길동 교수님뿐만 아니라 '이 사람을 만나려고 그런 일이 있었나?' 할 정도로 신기한 인연들이 많다. 사람은 어떤 사람을 만나느냐에 따라 인생이 바뀔 수도 있다. 이렇듯 크고 작은 수많은 인연들로 점철된 게 인생이라지만 그중에는 좋은 인연만 있는 것도 아닌 것 같다. 일본어에 '이찌고 이찌에(一期一会)'라는 말이 있다. '인생에 단 한 번뿐인 만남일 수 있으니 소중하게 사람을 대하라.'는 뜻이다. 누구를 언제 어디서 만나게 될지, 그 만남이 나에게 좋은 인연이 될지, 그렇지 못한 악연(惡緣)이 될지 도무지 알 재간은 없지만 적어도 나의 노력에 따라 '좋은 인연(良緣)'을 만들 수는 있지 않을까? 김포공항에서 그냥 멍하니 시간만 때웠다면 오마키 씨와의 인연은 없었을 것이고, 대학 시절 유길동 교수에게 내가 먼저 친하게 다가가지 않았다면 정교사 수업실기시험을 하루 앞두고 날 만나주지 않으셨을 것이다. 나는 많은 사람과 인연을 맺고 싶지는 않다. 다만 지금까지 만난 사람들과의 인연을 소중하게 간직하여 아름다운 향기로 수놓고 싶을 뿐이다.

'인연(因緣)'이란 '인(因)'과 '연(緣)'을 아울러 이르는 말로써 '인(因)'은 '결과를 만드는 직접적인 힘', '연(緣)'은 '그를 돕는 외적이고 간접적인 힘'이라고 한다. 생각해 보니 '좋은 인연'이란 가만히 있으면 저절로 찾아오는 것이 아닌 것 같다. 내가 먼저 찾아 나서고 단 한 번의 만남이라도 소중하게 생각하고 최선을 다해 대해야 만들어지는 것이 아닐까? 내가 공항에서 일본인을 찾아 말을 걸었던 것은 '인(결과를 만드는 직접적인 힘)'이고, 그로 인해 일본어를 가르치는 데 많은 도움을 받게 된 것은 '연(그를 돕는 외적이고 간접적인 힘)'일 것이다. 정교사 수업실기시험을 앞두고 무작정 유길동 교수님을 만나러 달려간 것은 '인(因)'이요, 교수님 덕분에 수업 실기를 잘해서 경안고에 합격한 것은 '연(緣)'이 아닐까?

손 편지의 힘

아내의 부모님을 설득하다

요즘은 SNS가 대세이다. 스마트폰을 이용하여 언제 어디서든 장소와 시간 제약 없이 직접 통화하거나 메시지를 주고받을 수 있는 세상이다. 그만큼 편리해진 게 사실이다. 하지만 난 꼰대라서 그런지 아직도 종이에 직접 쓴 손 편지나 장문의 편지글을 참 좋아한다. 어렸을 때 매년 크리스마스가 다가오면 모아 두었던 용돈을 가지고 문방구로 달려가 진열된 여러 종류의 카드를 보며 고르는 행복한 시간을 보냈다. 먼저 누구누구에게 보낼지 인원수를 정하고 상대의 취향에 맞는 카드를 고르는 일이란 정말 행복하고 설레는 작업이었다. 부모님, 친구, 선생님 등 나를 둘러싼 고마운 이들을 생각하며 몇 번이고 들었다 놓기를 반복했다. 더 어렸을 때는 재료를 사서 직접 그림을 그려가며 만들기도 했다. 어디 크리스마스 때뿐이랴. 평소에도 보고 싶거나 하고 싶은 말이 있을 때면 여지없이 문방구에서 상대 취향에 맞는 편지지를 골라 제일 잘 나오는 펜으로 한 글자 한 글자 정성 들여 쓰고는 고이 접어 편지 봉투에 넣은 후 혹시 떨어질세라 우표까지 잘 붙여서 우체통에 넣었다. 때에 따라서는 거의 다 작성했는데 틀려서 몇 번이고 처음부터 다시 쓰기도 했다. 편지 한 통이 상대에게 전해지기까지 참 많은 수고와 시간이 걸리던 때였었다.

디지털 시대에 아날로그적 감성인 편지가 어울리지 않을 수도 있지만 난 이런 편지가 지금도 너무 좋다. 아날로그 감성을 좋아하는 가장 큰 이유는 완벽하지 못한 나 같은 인간과 많이 닮아있기 때문이다. 그래서 나는 학생들이 직접 써 준 손 편지를 지금까지 거의 다 간직하고 있다. 그들은 자기가 고등학생 때 나에게 편지를 써 준 사실조차 잊고 있을지 모르지만 적어도 그 편지를 쓸 때의 마음은 진심이었으리라. 지금도 그 진심과 인간적인 감정을 간직하고 싶고, 나를 향한 단어들로 수놓은 예쁜 정성들을 도저히 쓰레기통에 버릴 수가 없다.

적어도 기능적인 면만 본다면 편지는 시간이 걸리고 불편한 전달 수단이 맞다. 하지만 손 편지로 전달되는 아날로그적 감성은 그 어떤 수단보다 대단한 위력을 갖고 있는 것이 분명하다. 상대방을 생각하면서 편지지를 고르고, 한 글자 한 글자 정성 들여 써 내려갈 때, 바로 이때부터 이미 그 사람과의 만남은 이루어진다. 또한 고이 접어 봉투에 넣고 우표를 붙이고 우체통에 넣는 순간부터는 '기다림'이 시작된다.

이 편지를 받고 어떤 표정을 지을까. 무엇을 느낄까. 내 감정이 제대로 전해졌을까. 언제 답장이 올까. 이런저런 생각을 하면서 설렘과 그리움의 진미(眞味)를 느끼는 시간인 것이다. 나는 지금껏 살아오면서 인생의 중요한 순간마다 편지의 도움을 많이 받았다. 안 될 것 같은 일도 기적처럼 이루어지는 것이 바로 편지의 힘이었다. 그럴 수밖에 없는 것이 직접 만나서 이야기하는 것보다 더 큰 울림이 전해지기 때문이다. 편지를 쓸 때는 단어 하나하나 세심하게 고를 수 있고, 자신의 감정을 정리할 수 있다. 상대방의 입장을 생각하고, 정제되고 설득력 있는 표현으로 감동을 선사하기도 한다. 읽는 사람 역시 보내 준 이의 모습을 머릿속에 그리게 된다. 자신을 위해 이렇게까지 수고를 아끼지 않은 정성에 고마움을 갖지 않을 리 없다. 또한 수십 년이 지나도 '말'은 기억에서 사라지지만 '글'은 남아있어 그때의 추억을 되새길 수 있다. 편지가 주는 덤의 매력이다. 화려하고 세련된 미사여구도 좋겠지만 자신의 감정을 진솔하고 솔직하게 표현한다면 그 어떤 명문장보다 더 마음에 와닿을 수 있다고 생각한다.

중학생 때 매일 만나는 진영이라는 친한 친구가 있었다. 같은 학교 같은 반이었기에 매일 만날 수밖에 없었다. 그럼에도 우린 자주 서로에게 손 편지를 전했다. 일상생활이 되었든, 우정에 대한 이야기든, 고민에 관한 일이든 할 것 없이 자주 편지를 주고받은 것으로 기억한다. 그때 서로 주고받았던 편지도 아직 간직하고 있다. 거의 40년이 지난 일이지만 가끔 그 편지들을 펼쳐 보면 '아~그때 이런 고민을 했구나. 그때 이런 일들이 있었지' 하며 회상에 잠길 수 있어 좋다. 이 나이까지 우정을 키워 온 아재들끼리 어릴 때의 추억을 공유할 수 있다는 것이 얼마나 행복한 일인가.

나에게는 편지의 위력을 알게 해 준 일화가 몇 번 있다. 아내를 만났을 때 일이다. 결혼을 허락받고 싶었지만 아내 부모님의 반대에 부딪혔다. 그도 그럴 것이 이제 막 대학 졸업하는 딸을 9살이나 많은 아저씨에게 시집보내고 싶은 부모가 어디 있으랴. 좀 더 자신의 꿈을 위해 사회 생활하다가 결혼하길 바라셨을 것이다. 그런데 딸이 대학을 졸업하자마자 결혼하겠다고 폭탄 선언했으니 얼마나 황당하셨을까. 더군다나 IMF 금융위기 여파로 집안 경제 사정도 어려웠고 아내 또한 결혼 준비 자금은 꿈도 못 꾸던 상황이었다. 아내의 부모님을 찾아뵙고 허락을 구하고 싶었지만 만나주시질 않았다. 그때 내가 생각한 것이 손 편지였다. 직접 만나 뵙기 전에 나에 대한 이미지를 좋게 만들고 진심을 전달할 수 있는 최고의 수단. 바로 손 편지였다. 곧바로 편지지와 봉투를 준비하고 생각을 정리하면서 장장 6장에 걸쳐 차근차근 써 내려갔다.

(중략…)

처음 따님을 보게 된 것은 작년 3월경으로 기억합니다. 현재 모교에 재직 중인 교수님으로부터 후배들에게 졸업한 선배 교사로서 1시간 특강을 해 주었으면 하는 부탁을 받고 학교를 찾아갔을 때였습니다. 4학년 강의실에서 한창 강의하던 중 유독 제 말을 경청하는 따님을 볼 수 있었습니다. 교사가 되고 싶어 하던 따님이기에 누구보다 제 강연을 잘 들었겠습니다만 단지 열심히 듣는 수준을 넘어 진지함까지 느껴져 강연 도중 따님에게 자주 눈이 머물렀던 것도 사실입니다. 그때까지만 해도 후배로만 생각했고 제가 감히 나이 차이가 아홉 살이나 나는 후배와 사귀게 되리라곤 꿈에도 몰랐습니다.

그로부터 얼마의 시간이 흘러 따님은 제가 근무하는 학교까지 직접 찾아와 교사가 되고 싶다고 말했습니다. 전 후배를 위해 제가 할 수 있는 모든 도움을 주고 싶은 마음이었습니다. 왜냐하면 교사가 된다는 것이 얼마나 어려운 과정을 겪어야 하는지 경험을 통해 잘 알고 있었기 때문입니다. 어떻게 하면 시행착오 없이 교사가 될 수 있는지, 교사의 길이란 무엇인지도 가르쳐주고 싶었습니다. 단순히 안정된 직업이다, 방학이 있어 쉴 수 있는 직업이다 등의 이유로 따님이 교사를 꿈꾼다면 전 그렇게 하지 않았을 겁니다. 하지만 제가 본 따님은 진심으로 교사가 되길 원했으며 학생들에게 정말 좋은, 훌륭한 선생님이 될 수 있을 것 같다는 생각이 들었습니다. 그래서 임용고시를 준비하다가 힘들면 격려해 주고, 교재 연구를 위해 제가 집필한 책의 교정을 부탁하기도 하고, 현장 경험을 위해 코리아헤럴드 외국어학원 강사로 근무하도록 추천해 주는 등 제가 줄 수 있는 도움이라면 무엇이든 주려고 노력해 왔던 것입니다. 그러는 사이 곁에서 지켜보는 동안 조금씩 따님에게 마음이 끌리게 되었습니다. 하지만 선배로서 선뜻 말하기가 어려웠고 더군다나 6년이나 교제하고 있는 애인이 있다는 사실에 더욱더 마음을 전하지 못하였습니다. 저의 솔직한 심정으로는 하루에도 몇 번씩 남자친구와 결혼을 약속한 사이가 아니라면 평생을 가장 가까운 곳에서 격려와 도움을 주며 같은 꿈을 꿀 수 있는 제게로 오라고 고백하고 싶었지만 그 또한 저로 인해 또 하나의 상처가 될 수 있음을 알기에 그냥 단념하고 후배로만 생각하려고 마음을 굳혀가고 있었습니다.

그러던 중 올해 9월 22일. 남자친구와 헤어졌다는 말과 함께 그 이유가 저 때문이라는 것을 알게 되었습니다. 저는 그때 '이것이 바로 운명이구나.'라는 생각을 했습니다. 그래서 이제껏 제가 가지고 있던 생각을 솔직하게 털어놓았고 그때부터 사귀게 된 것이 지금에 이르게 된 것입니다.

(중략…)

저는 따님을 진심으로 사랑하고 있습니다.

아무 조건 없이 따님 그 자체만을 사랑합니다. 결혼을 허락하여 주십시오. 사귄 기간이 얼마나 되었다고 결혼이고 사랑이냐고 하실지 모르겠습니다만 적어도 전 일 년 전부터 따님에 대한 마음을 키워오며 곁에서 지켜보았고, 따님에 대한 저의 감정을 믿고 있습니다. 따님 또한 저를 많이 사랑하고 있습니다. 겉으로는 무척이나 강해 보이지만 속은 참으로 여리고 순수한 따님을 알게 되고, 또 사랑하게 된 것을 저는 제 생에 있어서 가장 행복하고 감사한 일이라 여기고 있으며 앞으로도 그걸 것입니다. 아울러 그러한 따님이 있게끔 지금껏 물심양면으로 키워주신 부모님께도 존경과 감사의 마음을 갖고 있습니다.

조금은 민망합니다만 저는 누구보다도 따님을 사랑하고 아껴줄 자신과 능력이 있다고 자부합니다. 따님이 교사가 되기를 진심으로 바라고 그 꿈이 이루어지도록 가장 가까운 곳에서 격려하고 도와주겠습니다. 같은 꿈을 가진 사람으로서 같은 방향으로 나아갈 수 있도록 최선을 다해 노력하겠습니다. 남들이 보면 나이 차이가 좀 난다고 생각할지 모르겠지만 진정으로 사랑하고 아껴줄 수 있으며 서로의 이상을 위해 도움을 주고받을 수 있다면 9년이라는 차이는 큰 문제가 안 된다고 봅니다.

(중략…)

부모님의 입장에서 따님의 갑작스러운 결혼에 아쉽고 섭섭한 마음이 앞서는 것은 당연하겠습니다만 언제까지 자격을 갖추기를 기다리는 심정으로 있기에는 너무나 따님을 사랑하기에 이렇게 염치 불고하고 부모님께 호소합니다. 적어도 따님에게 있어서 결혼은 구속과 현실이 아닌 꿈을 이루게 하고 평생 사랑하며 살아갈 수 있는 행복의 밑거름이 될 것으로 확신합니다. 무엇보다 모든 사람이 저희를 보며 부러워하도록 예쁘고 성실하게 살 것을 약속드립니다. 저는 부자는 아니지만 부자를 부러워하지는 않습니다. 많은 돈을 버는 방법은 잘 모르지만 어떻게 사는 것이 행복하게 사는지는 조금은 알고 있습니다. 얼마 안 되는 돈이지만 너무 궁색하게 시작하지 않을 만큼의 준비도 해 놓았고 앞으로도 안정된 상태에서 생활을 꾸려나갈 수 있습니다.

(중략…)

'결혼이란 두 사람이 상자 안을 함께 채워나가는 과정이다'라는 말을 들은 적이 있습니다. 전 그 누구도 아닌 따님과 함께 아름다운 인생의 상자를 채워나가고 싶습니다. 가까운 시일 내에 직접 뵙고 인사드릴 수 있게 되길 진심으로 바라오며 다시 한번 갑작스레 심려를 끼쳐드리게 된 점 죄송하게 생각합니다. 그럼 뵐 때까지 안녕히 계십시오.

새해 인사는 만나 뵙고 올리겠습니다.

편지를 보낸 지 약 일주일 후. 한번 만나보자는 연락을 받을 수 있었다. 출구와 해법이 안 보이는 답답한 상황을 한 번에 돌파할 수 있었던 것은 바로 이 손 편지 때문이 아니었을까? 지금은 장인, 장모님이 되어 나를 많이 사랑해 주신다. 편지 내용을 다시 한번 볼 수 있는 것도 장인 장모님이 내 편지를 간직하고 계셨기 때문이다. 만약 그 당시 만나서 말로 했다면 내가 무슨 말을 했는지 거의 기억이 안 날 것 같다. 나는 이 편지를 다시 보며 '아~내가 이때 이런 감정이었고 이런 약속을 드렸구나.'라며 미소 짓는다. 그리고 이 편지를 근거(?)로 이따금 장인 장모님께 "저 약속 잘 지키고 있죠?"라고 너스레를 떨 수도 있지 않을까?

버시바우 주한 미대사를 초청하다

2005년 12월 3일. 아내와 저녁을 먹으며 뉴스를 보고 있었다. '알렉산더 버시바우' 주한 미대사가 서울 청담동 라이브 재즈 카페에서 우리나라 밴드와 드럼 연주하는 모습을 기사로 내보내고 있었다. 두 달 전인 2005년 10월 버시바우가 주한 미대사로 부임할 당시 우리나라에서는 아래와 같은 뉴스를 내보내며 대단한 인물이 부임했다고 떠들썩했다.

'버시바우 대사 입지는 미국 국무부 내 평가에서도 잘 나타난다. 국무부 내에서 버시바우 대사는 가장 잘나가는 외교관 중 한 명이며 국무부가 내세우는 우리 시대 최고 외교관 중 한 명이다. 실제로 그는 국무부에서 현재 최고 전문 외교 공무원으로 치고 있는 니컬러스 번스 차관에 버금가는 인물로 평가받고 있다. 그는 특히 동구권 전문가로 국무부 옛 소련 과장 재임시 옛 소련과 동유럽 공산권 붕괴와 이로 인해 동서 냉전 구도가 해체되는 과정에 깊숙이 관여해 입지를 굳힌 것으로 알려졌다.'

- (출처) 알렉산더 버시바우, 냉전구도 허문 '드럼치는 외교관', 매일경제

사실 난 주한 미대사가 어떤 경력을 가졌는지, 얼마나 중요한 인물인지에 대해서는 별 관심이 없었다. 그런데 내 눈에 꽂힌 모습이 있었다. 바로 '드럼 치는 모습'이었다. 현직 외교관이 재즈 카페에서 드럼을 치는 모습은 너무 멋있어 보였다. 고위 공직자는 왠지 딱딱하고 썰렁한 농담이나 좋아하고 형식과 의전에 익숙한 이미지였는데, 우리나라 밴드와 드럼을 연주하는 모습에서 음악을 사랑하는 인간적인 면모를 엿볼 수 있었고, 삶을 즐길 줄 아는 멋진 사람이라는 느낌이 들었다. 언젠가 반기문 유엔사무총장이 고등학교 시절 케네디의 연설을 듣고 외교관의 꿈을 키웠다는 말을 들었던 나는 '저런 분이 우리 학생들에게 강연해주신다면 제자들이 유

엔사무총장뿐 아니라 대한민국의 국위를 선양할 인재가 되고 싶다는 훌륭한 꿈을 키울 수 있지 않을까?'라는 생각이 스쳤다.

그런데 주한 미대사는 국가 의전상 대통령급 의전을 받는다는데 저토록 바쁘고 중요한 인물을 어떻게 우리 학교로 초대할 수 있을까가 문제였다. 무작정 대사관으로 찾아간다 해도 만날 수 있는 게 아닐 것이고 전화를 한다 해도 연결이 안 될 게 뻔하다. 더군다나 내가 유창한 영어 실력을 갖춘 것도 아니다. 계속 고민만 지속하다가 2007년 4월. 드디어 난 또다시 '편지'라는 카드를 꺼내 들었다.

'그래. 버시바우 대사에게 편지를 써 보자.'

그런데 어떻게, 어디로 써야 할지가 문제였다. 한국어로 쓰자니 버시바우 대사가 해석에 어려움이 있을 것 같고, 영어로 쓰자니 내 영어 실력이 문제였다. 그리고 대사관으로 편지를 보낸다고 대사에게 직접 전해질 리도 만무하다. 생각 끝에 대사용으로 한 통, 한 통은 보좌관실의 대사 비서용. 이렇게 두 통의 편지를 생각했다. 우선 대사 비서관에게는 아래와 같은 내용의 편지를 썼다.

(중략…)

다름이 아니라 알렉산더 버시바우 대사님을 우리 학교로 초청하여 학생들에게 강연을 부탁드리고 싶어 편지를 썼습니다. 이 편지를 꼭 대사님께 전해드리길 부탁드립니다. 비서관님께서 어떻게 말씀해 주시느냐에 따라 초청 강연의 성사 여부가 달려있다고 생각합니다. 비서관님은 대한민국의 국민으로서 단순한 대사 보조역할을 넘어 진정한 한미 양국의 교량 역할을 하시고 있다고 믿습니다. 부디 바쁘시겠지만 저의 간절한 부탁을 외면하지 말아주시고 대사님께서 제가 드린 편지를 꼭 읽어 보시도록만 해주신다면 여한이 없겠습니다. 한글로 작성한 편지이지만 비서관님의 유창한 영어 실력이라면 저의 간절함도 전달될 수 있으리라 생각합니다.

(중략…)

그리고 버시바우 대사를 향한 구구절절한 내용의 편지를 동봉하여 주한 미대사관으로 보냈다.

(중략…)

만약 대사님이 우리 학교까지 오셔서 강연해 주신다면 반기문 유엔사무총장이 고등학생 시절, 케네디 대통령 연설을 보고 외교관의 꿈을 키울 수 있었던 것처럼 대사님의 강연을 통해 미래 유엔사무총장은 물론이고 세계무대에서 평화, 환경 등의 문제에 선도적 역할을 수행하는 멋진 인재가 나올 것이라 믿어 의심치 않습니다.

(중략…)

2005년 12월 3일. 뉴스에서 드럼 연주하시는 모습을 보았습니다. 기존 외교관 이미지의 틀을 깨는 모습에 깊은 감명을 받았습니다. 상대와 친해지기 위해서는 조건도 중요하겠지만 그보다 더 중요한 것은 감성으로 다가가는 것이라 생각합니다. 국가 간 외교에 있어서도 마찬가지라 봅니다. 감성으로 다가가 믿음을 줄 때, 상대 국가 국민들의 마음을 열 수 있지 않을까요? 바쁘신 와중에도 드럼연주를 통해 다가서려고 노력하는 모습을 보며 우리 학교 교훈인 '어질게 생각하고, 바르게 행동하며, 멋있게 살아가자'에 딱 맞는 분이라는 생각이 들었습니다.

(중략…)

만약 오시게 된다면 강연이 끝난 후 우리 학교 학생들과 멋진 밴드 공연도 부탁드리겠습니다. 열심히 꿈을 위해 도전하는 학생들에게 때로는 삶을 즐길 줄 아는 사람, 감성으로 다가설 줄 아는 사람이 되라는 메시지가 될 것 같습니다.

(중략…)

저는 그저 안산에 한 고등학교에서 근무하는 일개 평교사에 불과하지만, 저의 간절한 부탁을 외면하지 않으시리라 믿습니다. 왜냐하면 대사님 또한 평범하고 어려운 시절을 겪은 경험이 있다는 걸 잘 알고 있기에 작은 소리에도 귀 기울여 주시리라 생각했습니다.

(중략…)

“주한미국대사가 그렇게 한가한 사람이 아닌데 잘 나가는 특목고도 아니고 안산에 있는 일반고까지 올 리가 없지.”

“하루에도 수백 통의 우편물이 비서실로 올 텐데 그걸 비서실에서 일일이 읽는다? 더군다나 편지 내용을 번역해가며 대사에게 전달해 줄 비서관이 있을까?”

주변 사람들의 말이었다. 당연하다. 나 역시 이런 걸 몰라서 편지를 쓴 것이 아니다. 그렇다 하더라도 아예 처음부터 포기하기는 싫었다. 편지의 위력을 조금은 알기에.

편지를 보내고 한 달 조금 지난 2007년 6월 6일 현충일 한낮. 그때까지 아무런 연락이 없자 대사 초청에 관한 일을 까맣게 잊고 있던 나는 군포의 갈치저수지에서 루어낚시를 즐기고 있었다. 갑자기 휴대폰 벨이 울렸다. 낚시 중이라 받기가 귀찮았는데 나도 모르게 휴대폰에 손이 갔다.

“장희걸 선생님입니까?”

“네. 그런데요?”

“안녕하세요. 주한 미대사관 비서실에 리처드 김입니다. 대사께서 편지를 보시고 귀교 측과 협의하여 강연 날짜를 정하라고 말씀하셨습니다. 일정 협의를 위해 전화했습니다."

이게 꿈인지 생시인지 한동안 멍하게 있다가 낚싯대를 놓치고 말았다.

약 2주간, 강연과 의전형식 등으로 학교와 대사관 측 간의 사전 준비작업이 대대적으로 진행되었고 결국 2007년 6월 25일, 전격적으로 주한 미대사의 경안고 방문이 이루어졌다. 태극기와 성조기가 나란히 휘날리는 검은색 의전 차량에서 내린 버시바우 대사는 가장 먼저 나에게로 다가오셨다. 나는 영어로 준비했던 멘트를 날렸다.

"I'm honored to meet you.(만나 뵙게 되어 영광입니다.)"

버시바우 대사는 한국어로 화답했다.

"초대해 주셔서 감사합니다."

버시바우 대사는 약속대로 학생들에게 유익한 강연뿐 아니라 공연까지 해 주었다. 거기에 더해 미국대사관 외교관 특별강연 행사 MSP(Mission Speaker Program)에 매년 우리 학교 학생들을 초청하여 영어로 현직 외교관과 자유로운 이야기를 나눌 기회까지 제공해 주었다.

이 밖에도 내가 만나고 싶은 분이 있거나 출연하고 싶은 방송이 있을 때마다 혹은 어떤 중요한 순간마다 편지는 원하는 것을 이루게 해주는 훌륭한 매개체가 되어 주었다. 그중 몇 가지 흥미로운 일화를 소개한다.

만화가 이현세 교수를 만나다

(중략…)

시대가 바뀌었지만 저는 어렸을 때부터 변치 않은 꿈이 하나 있었습니다. 역사교육을 받을 때마다 느꼈던 것. 강대국에 둘러싸여 끊임없는 침략을 당하면서도 꿋꿋하게 오천 년 역사를 지켜올 수 있었던 위대한 DNA를 갖고 있던 우리가 너무나 참혹하고 허무하게 짓밟힌 근현대사를 보며 '작지만 강한 나라를 만드는 데 일조하고 싶다'는 꿈이었습니다. 그런 제가 고등학생 때 교수님의 작품 『공포의 외인구단』을 접하게 되었습니다.

사회에서 버려지고 인정받지 못하는 소외된 인간들이 산고(産苦)의 고통을 넘어 반전을 일으키는 대서사시를 읽으면서 이것이야말로 내가 앞으로 인생을 살아가야 할 정신이고, 끊임없이 도전하면 언젠가 반드시 이루어진다는 평범한 진리를 깨우치는 강한 계기가 되었던 것 같습니다. 또한 『활』이라는 작품을 읽으면서 어렸을 때 꿈꾸던 것을 반드시 이루어야겠다고 결심을 하게 되었지요. 작품을 보고 나면 진한 감동의 여운이 가시기 전에 뭔가 남겨 놓고 싶어 만화 내용 중 인상 깊었던 장면을 직접 도화지에 그리곤 했습니다. 지금까지도 마치 그때의 마음을 잊지 않겠다는 듯 간직하고 있습니다. 그리고 어린 마음에 언젠가 어른이 되었을 때, 내가 사회에 나가 그 꿈을 이루기 위해 뛰고 있을 때, 그때는 꼭 이현세 작가를 직접 만나 이야기를 나눠보고 싶다고 생각했습니다.

(중략…)

저는 지금까지 아이들을 가르치며 왜 공부를 해야 하는지, 우리가 무엇을 위해 살아야 하는지에 대해 끊임없이 학생들에게 질문을 던지며 최선을 다해 가르쳐 왔습니다. 아날로그에서 디지털시대로, 독재가 민주화로, 3차산업혁명에서 4차산업혁명의 시대로 수많은 것들이 빠르게 변화하는 시대라고 하지만 변하지 말아야 할 가치를 지키며 이 나라에 희망의 씨앗을 키우는 것이 바로 선생이 할 역할이라고 믿고 있기 때문입니다.

(중략…)

이제 제가 어렸을 때 생각했던 소망을 직접 이뤄보려 용기를 내

었습니다. 교수님을 우리 학교에 초청하여 제자들에게 직접 강연을 들을 수 있는 기회를 주고 싶습니다. 그리하여 제가 그랬듯이 시대의 진정한 가치가 무엇이고 무엇을 위해 살아야 하는지 일깨워주고 싶고 저 또한 저의 가르침이 틀리지 않았다며 제자들에게 자랑하고 싶습니다.

(중략…)

혼돈의 시대.

경제는 바닥을 치고, 정치는 무너지고, 세대, 이념, 계층, 지역 간의 갈등으로 분열과 상처가 계속되는 상황 속에서 이 나라의 청년들은 헬조선을 외치며 나라를 떠나려 하고 있습니다. 하지만 이런 시대일수록 정도(正道)와 기본(基本)이 무엇인지 잘 가르쳐야 할 의무가 저에게 있다고 생각합니다. 우리 학교는 소위 남들이 알아준다는 과고나 외고 같은 특목고는 아니지만 선생님을 존경하고 '작지만 강한 나라'를 만들기 위해 열심히 공부하는 학생들이 있습니다. 저는 이들을 보며 그래도 아직 대한민국은 희망이 있다는 것을 느끼곤 합니다. 언젠가 이들이 '외인구단'이 되어 다시 돌아와 강한 나라를 만들어 줄 것을 믿습니다.

바쁘시겠지만 어릴 적 교수님의 작품을 통해 인생의 방향을 설정하고 꿈을 이루기 위해 노력했던 보잘것없는 선생의 소망을 이루게 해 주신다면 저는 더 바랄 것이 없겠습니다.

2017년 4월 20일. 이현세 교수님과 만나 저녁 식사와 커피를 마시며 여러 가지 많은 이야기를 나누었다. 꿈같은 시간이었다. 어릴 적 우상이 바로 내 눈앞에 있었다. 나이는 드셨어도 젊었을 때의 눈빛은 그대로였다. 내가 고등학생 때 만화를 읽고 나서 그렸던 빛바랜 그림을 보여드렸다. 교수님은 내가 그렸던 그림 아래에 직접 사인을 해 주셨다. 그림을 그린 지 무려 31년 만의 일이었다.

김상욱 교수님께 강연을 부탁하다

(중략…)

이렇게 갑자기 편지를 드리는 이유는 교수님의 저서 『떨림과 울림』을 읽고 저의 제자들에게도 작은 떨림으로 시작된 관심이 큰 울림과 감동으로 이어지길 바라는 마음에서 강연을 부탁드리기 위해 편지를 쓰게 되었습니다.

(중략…)

'작지만 강하고 멋진 나라를 만드는 데 일조하고 싶다'는 꿈이 었습니다. 일본어 교사가 된 이유도 여기에 있습니다. 일본어를 전공하면서, 일본인이 과학 관련 노벨상을 받는 장면을 보며 그들의 '기본'에 대한 마인드를 부러워하기도 했습니다. 그 '기본'이라는 것은 어떻게 보면 매우 지루하고 어려운 것이지만 어떤 분야이건 '기본'이 탄탄하지 않으면 사상누각이 되어버리는 것 또한 당연한 이치겠지요. 어떻게 하면 이 지루한 '기본'을 오래오래 자기 것으로 만들 수 있을까 고민한 결과, 그것은 바로 그 분야에 대한 관심과 흥미, 사랑이라는 사실을 알게 되었습니다. 상대에 대한 관심과 사랑은 교수님 말처럼 작은 '떨림'에서 시작되는 것 같습니다. 그 대상이 학문이든 사람이든. 그런 의미에서 인문학적 감성으로 다가온 교수님의 이야기는 새로운 감동이기에 충분했습니다.

(중략…)

우리 학교는 소위 영재고나 과학고는 아니지만 선생님을 존경하고, 과학을 좋아하고, 선생님의 이야기에 귀 기울이며 작은 '떨림'과 만나기 위해 열심히 공부하는 착한 학생들이 있습니다. 비록 과학에 대한 지식은 과학고 학생들보다 낮을지 몰라도 작은 '떨림'과 만나는 순간, 이내 '울림'이 되어 과학을 사랑하게 되고, 사람을 사랑하게 되고, 언젠가 너무나도 행복하게 과학을 탐구하는 연구자의 길을 걷게 되는 학생이 나오길 간절히 바랍니다. 그 작은 '떨림'을 교수님의 강연 한마디에서도 만날 수 있지 않을까요? 교수님께서 던진 아주 조그마한 '떨림' 하나가 우리 제자들에게 '울림'으로 번져나가길 진심으로 바랍니다.

2019년 8월 27일. 강연 시작 전 교장실에서 김상욱 교수님(경희대 물리학과, 〈알쓸신잡〉 외 방송 출연)과 잠깐 차를 나누며 말했다.

"교수님. 요즘 방송출연 등으로 많이 바쁘실텐데 이곳까지 와 주셔서 감사합니다."

"올 수밖에 없도록 편지 써 주셨잖아요.(^^)"

유시민 작가에게

(중략…)

어렸을 때는 반공교육을 받으며 영문도 모른 채 '국민교육헌장'을 달달 외우면서 국민학교를 졸업했습니다. 고등학교 때는 컴퓨터라는 것을 처음 보고 신기해하기도 했습니다. 그 시절과 비교해 보면 많은 것이 발전했지만 저는 항상 '기본'이 부족한 것 같은 느낌을 지울 수가 없습니다. 삶을 살아가는 데 있어 가장 '기본'이 되는 것들. 안전한 것, 누구에게나 공정하고 공평한 것, 민주적인 것, 남에게 폐를 끼치지 않는 것, 부정하거나 비겁하게 이기지 않는 것, 청렴한 것, 잘못하면 반드시 거기에 따른 책임을 지거나 벌을 받는 것 등 이런 '기본'들은 없고, 마치 모래 위에 쌓는 성처럼 겉에서 보기엔 화려하고 멋지지만 언제 무너질지 모른다는 불안함에 늘 마음이 무거웠습니다. 그래서 학생들에게 이제부터라도 항상 '기본'을 지킬 것을 당부하고 가르쳐 왔습니다. 하지만 가끔 뉴스에서 보도되는 반칙과 부정을 지켜보며 학생들에게 '미래에 대한 희망과 기본을 가르칠 수 있을까'라는 회의가 드는 것도 사실입니다. 가끔 학생이 저에게 질문합니다. "선생님, 열심히 공부하면 반드시 꼭 성공할 수 있나요?" 저는 이 질문에 당당하게 대답하고 싶습니다. "당연하지. 돈이 있고 없고가 아니라 꿈과 열정이 있고 없고에 따라 반드시 성공할 수도, 실패할 수도 있단다."

(중략…)

2002년 제16대 대통령 선거운동이 한창이던 때 노무현 후보는 어느 TV 인터뷰에서 "왜 대통령이 되려고 하십니까?"라는 진행자의 질문에 다음과 같이 대답합니다. 저는 지금까지 이 말을 잊을 수가 없습니다.

"사람들에게 보여주고 싶었습니다. 나 같은 놈도 대통령이 될 수 있다는 것을. 명문대를 안 나와도, 돈 많고 좋은 집안에서 태어나지 않아도 내가 바라는 것을 이룰 수 있다는 것을요. 그래서 누군가는 나를 보고 꿈을 꿀 수 있었으면 좋겠습니다."

공정한 세상, 누구나 노력하면 꿈을 이룰 수 있는 세상이야말로 제가 아이들에게 해주고 싶은 이야기였기 때문입니다. 지금도 저는 대한민국 교사로서 아이들에게 말하고 싶습니다. 그래도 우리

나라는 공정한 기회가 있는 나라이고, 안전한 나라이고, 누구든지 열심히 노력하면 자신의 꿈을 이룰 수 있는 나라라고 말이죠.

(중략…)

언젠가 제자들이 제 나이가 되었을 때 사회의 부조리나 비겁한 사람에 의해 상처받거나 고통받지 않았으면 좋겠습니다. 이 나라의 국민으로서 자부심을 느끼고 행복하게 살아가길 진정으로 바랍니다. 왜냐하면 위기에 처한 국가를 피와 땀으로 지켜 온 주체는 대단한 권력가가 아닌 이렇게 착하고 순수하게 나라를 생각하는 민초였다고 생각하기 때문입니다. 이제 더는 이런 민초들만 상처받고 희생하는 것이 아니라 이들이 시대의 주인공으로서 자기가 하고 싶고, 잘 할 수 있는 일을 하면서 살아갔으면 좋겠습니다.

작가님의 저서 『어떻게 살 것인가』에서 말씀하셨듯이 적어도 삶 속에 무엇이 중요한 것인가를 알거나, 알려고 노력하는 마음이라도 생겼으면 좋겠습니다. 작가님의 경험과 생각을 조금만 우리 제자들에게 들려주십시오. 그래서 학생들이 작가님과 함께 어떻게 살 것인가 생각해 보는 시간을 가졌으면 합니다. 혹시 모르죠. 작가님 또한 한두 가지 상처를 안고 있는 우리 안산의 아이들에게 새로운 영감을 얻어가실지…

이 분과의 만남은 이루어지지 못했다. 이 편지가 그분 손에 전해지지 못했기 때문이라 생각한다. 만약 받아 봤다면 반드시 연락이 왔을 거라고 그냥 혼자 믿고 있다.

《구해줘! 홈즈》 담당 PD에게

내 아내의 집사가 되고 싶습니다.

"올 한 해 '커피와 사람들' 카페에 가득히 퍼지는 커피 향과 마음 따뜻한 미카님이 함께해 주셔서 행복했습니다."

예~ 맞습니다. 제 아내(미카)는 다른 사람들에게 '행복'을 주는 여자입니다. 제 나이 쉰둘이 되어 이제야 비로소 그걸 알게 되었네요. 제가 어렸을 때 우리 아버지들처럼, 저 또한 젊었을 때는 일 때문에 바쁘다는 핑계로 거의 집안을 돌보지 않고 밖으로만 뛰어다녔습니다. 그런 저를 떠나지 않고, 묵묵하게 지금까지 곁에 있어 준 아내가 너무 고맙고 미안합니다.

제 아내는 경기도 안산에서 아주 작은 개인 로스터리 커피하우스를 운영하고 있습니다. 커피 맛은 단언컨대 제 아내가 직접 로

스팅하고 내려주는 커피가 세계 최고라고 자부합니다.^^ 그래서 적지 않은 오래된 단골들이 있습니다. 사람 향기가 나는 커피를 온 정성을 다해 내려서 손님에게 대접합니다. 손님 중에는 맨 위에 쓴 것 같이 행복한 힐링을 받았다고 말씀해 주시는 분들도 꽤 있지요. 그뿐만 아니라 매년 적지 않은 금액을 기부하고 있었습니다. 그런데 정작 저는 제 아내에게 그런 행복이나 도움의 손길을 전혀 주지 못한 못난 남편입니다. 늘 나만을 위해 해달라고만 했습니다. 그래서 이렇게 사연 보내드립니다. 이제부터는 남은 반평생 제 아내를 위해 살고 싶습니다. 가끔 아내가 월세 때문에 걱정하는 모습을 보고, 작게라도 1층에는 카페를 하고, 2층에 부부가 생활할 수 있는 예쁜 집을 마련해 주고 싶습니다.

(중략…)

아마 그 집은 제 아내에게는 궁전과 같은 곳이 될 겁니다. 월세 걱정 안 하고 자기가 좋아하는 커피를 언제든 내릴 수 있을 테니까요. 그리고 그곳은 늘 커피향과 웃음이 가득할 겁니다. 또 누군가 그곳에서 행복과 힐링을 받고 갈 테니까요.^^ 저는 그 궁전에서 아내가 행복한 모습을 지켜보며 미소 짓는 집사가 되려 합니다. 그래서 저도 언젠가 '아름답고 향기로운 커피향이 나는 사람'이라고 여왕님께 칭찬받고 싶습니다. 그렇게 될 수 있도록 도와주세요.

이 편지 덕에 2020년 2월 2일 MBC TV 프로그램 《구해줘! 홈즈》 제43회 차에 출연하게 되었다. 실제로 유명 연예인들을 직접 만나 이야기를 나누다 보니 신기했다. 사정상 실제 계약까지 이루어지지는 못했지만 뭐 어떠하랴. 잠시나마 행복한 꿈을 꿀 수 있었고, 무엇보다 아내가 많이 좋아해서 기분이 좋았다. 녹화가 끝나고 아내가 노홍철 씨와 팔짱 끼고 사진 찍으며 너무 좋아하는 모습에 살짝 질투는 났지만…

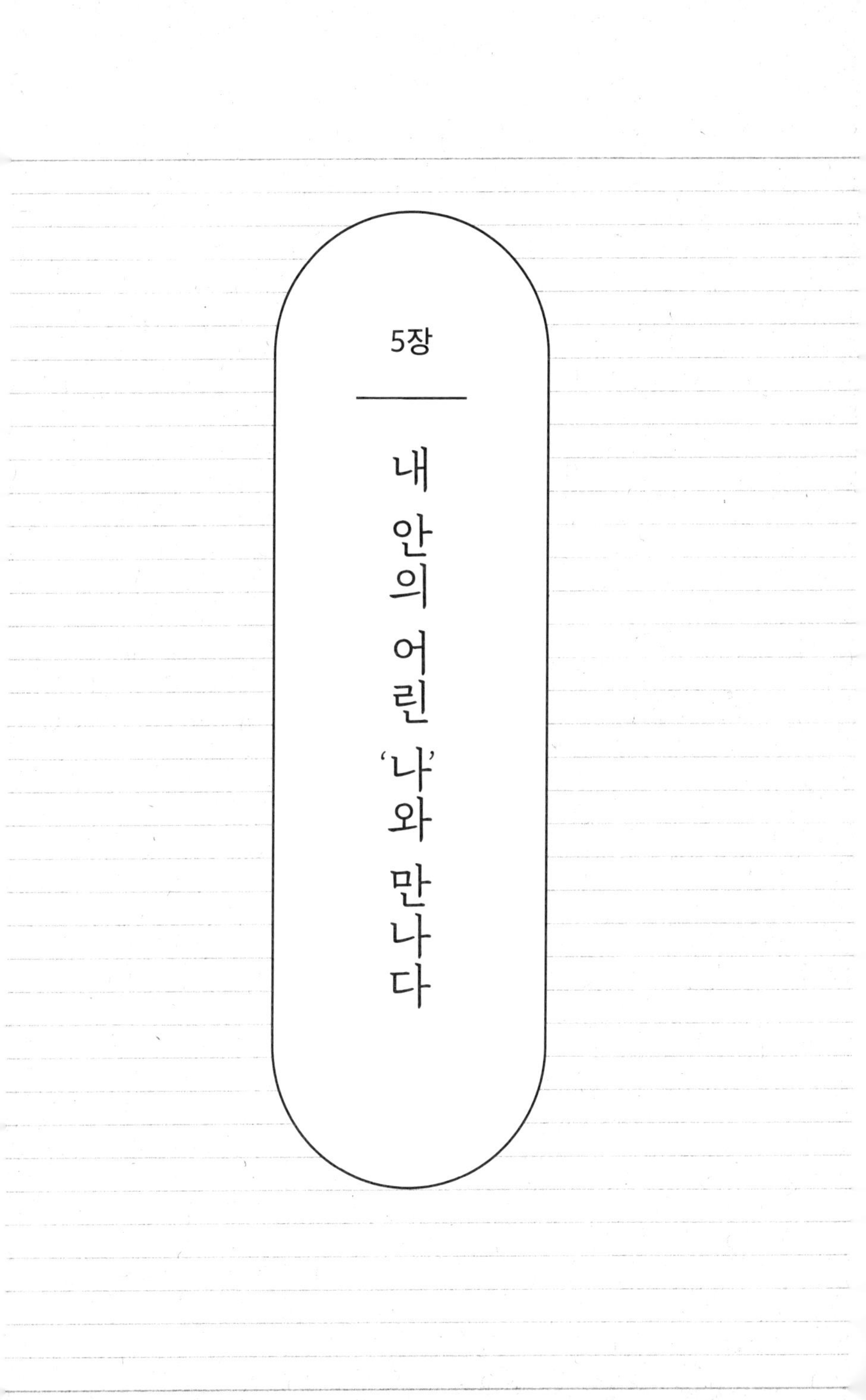

5장

내 안의 어린 ‘나’와 만나다

제주의 바람은 몸이 날아갈 것처럼 강하게 몰아붙이다가도 어느샌가 어루만지듯 감싸 안기도 하고, 작은 속삭임으로 내게 다가온다.

"이보게 친구!
흔들리면서도 살아내시게. 지금처럼 두 다리를 땅에 단단히 꽂고, 몸은 그저 바람에 맡기시면 되네. 바람이 불지 않는 삶은 없다네. 있다 해도 그건 산 사람의 삶이 아니지."라고. - 서명숙, 『제주올레여행』

왠지 모르게 눈물이 흘러내렸다.
닦지 말자. 바람이 닦아 줄 터이니…

카르페 디엠(CARPE DIEM)

제주 해변에서 수평선을 바라보며 멍 때리고 있을 때였다. 대학 동기 광식이에게 카톡이 날아왔다.

"너 제주라며? 거기 후배 지니 있는데 시간 되면 함 만나봐."
"지니?"
"응. 제주에서 펍(Pub) 운영하면서 이것저것 한다더라."

지니라는 후배가 어렴풋이 생각났다. 작고 땅땅한 체구, 늘 뭔가 빨빨거리며 바쁘게 돌아다니던 모습. 학교 다닐 때 별로 친하지는 않았는데 졸업한 지 수십 년이 지나서 내가 제주에 왔다고 연락한들 무슨 의미가 있겠나 싶었다. 그녀 역시 날 잊고 있을 터였고, 선배랍시고 오랜만에 전화하면 혹시 부담만 될 것 같아 잠시 망설이다 광식이가 알려준 휴대폰 번호로 조심스럽게 문자를 보냈다.

'저~지니 사장님. 장희걸이라고 하는데 혹시 기억하나요? 제주에 왔다가 광식이가 알려줘서…'

내 걱정이 기우였다는 듯 바로 답장이 왔다.

"안녕하세요~ 선배님. '지니 사장님' 넘 웃겨요.(ㅋㅋ) 저 제주에서 펍(Pub), 게스트하우스도 운영하고 있고요. 저희 오늘 가게 마당에서 바비큐 파티하는데 꼭 오셔서 같이 드세요."

오랜만에 만난 지니는 격의 없이 대해 주었다. 그리고 그동안 자신이 어떻게 살아왔는지도 내게 이야기해 주었다.

지니는 어렸을 때 서울에서 홀어머니와 함께 살았다. 가난한 집안 형편으로 초등학생 때부터 스스로 알아서 모든 것을 해내야 했다. 중 · 고등학교 때도 이것저것 안 해본 아르바이트가 없을 정도로 열심히 돈을 벌면서 혼자 힘으로 대학까지 졸업했다. 대학 졸업 후 새로운 희망을 품고 취직도 하고, 사업도 시작하고, 결혼도 했지만 얼마 못 가 다시 고난의 시간이 찾아왔다. IMF 금융위기로 인해 사업은 망하고, 결혼 생활도 아픔 끝에 결국 이혼하게 되었다. 자식들의 육아도 오롯이 혼자 떠안았다. 힘에 겨워 고통의 시간을 보내던 그녀는 결국 죽기로 마음먹었지만, 홀어머니와 두 아이를 두고 도저히 죽을 수가 없어 자살 대신 2001년 9월 11일에 느닷없이 번

지점프를 하러 간다. 지니는 두 눈을 꼭 감고 뛰어내리면서 이렇게 결심했다.

'난 이제 한번 죽는 거야. 그리고 이제부터 새로운 인생을 시작하는 거야.'

집으로 돌아온 그녀는 그날 밤 뉴스에서 충격적인 911테러 소식을 접하고 너무 놀라 기겁했다. 그리고 이런 생각을 했다고 한다.

'난 오늘 죽고 싶어 번지점프를 하러 갔지만 오늘 저 무역센터에서 편안히 일상생활을 하던 많은 사람은 한순간에 잿더미가 되었다. 그 중엔 커피를 마시고 있던 사람들, 화장실에서 볼일을 보고 있던 사람들도 있으리라. 그 누구도 자신이 1초 후에 죽을 거란 상상은 못 했겠지. 그래 인생 뭐 있어? 내일 일은 모르는 거야. 그냥 현재에 최선을 다하자…'

이렇게 생각한 그녀는 두 아이를 데리고 필리핀 세부로 날아가 8년을 지내고, 다시 몰디브에서 10년 이상 생활하며 닥치는 대로 배우고 즐기고 경험하며 살다가 지금은 제주에 터를 잡았다고 했다. 코로나가 끝나면 어딘가로 다시 떠날 계획이란다. 그동안 그녀는 한국어, 영어, 일본어, 중국어 등 4개 국어를 유창하게 구사하고, 요가, 스킨스쿠버 강사를 비롯하여 50여 개의 직업을 체험했으며 40여 개국 이상을 여행했다. 스쿠버다이빙 운영자이면서 몰디브

리버보드 에이전시, 제주클래스 펍(Pub) 사장, 제주 몰디브 게스트하우스 등 직함도 다양하다. 그녀가 운영하는 펍에는 항상 손님들로 붐볐다. 외국인들도 많았다. 그들은 하나같이 손님이 아니라 그녀의 오빠, 동생, 삼촌, 친구 같았다. 지니를 만난 사람들은 모두 금방 지니와 친구가 된다.

"선배. 어쩐 일로 제주에 혼자 왔어?"
"응~ 그냥 제주 한 달 살이…"

고통의 시간을 이겨내고 치열하게 살면서 하루하루를 내일 죽을 것처럼 즐겁게 사는 그녀였다. 그런 지니의 물음에 삶이 고통스럽고 힘들어서 왔다고 도저히 말할 수가 없었다. 그건 한마디로 포클레인 앞에서 삽질을 하는 것과 다름없는 일이었다. 나보다 몇 배로 어렵고 힘들고 버라이어틱하게 살아온 여자. 그러면서도 "인생 뭐 있어? 카르페 디엠(carpe diem, 현재에 충실하라!), 오늘을 즐기자." 라며 밝게 웃는 그녀를 보며 어디서 저런 에너지가 솟아나는지 이상하게 느껴질 정도였다. 신기하게도 그녀와 이야기를 나누다 보면 그녀의 에너지가 나에게로 전이되는 것 같았다.

'상처받지 않는 삶은 없다. 상처받지 않고 살아야 행복한 것도 아니다. 누구나 다치면서 살아간다. 우리가 할 수 있고 해야 하는 일은 세상의 그 어떤 날카로운 모서리에 부딪쳐도 치명상을 입지 않을 내면의 힘, 상처받아도 스스로 치유할 수 있는 정신적 정서적 능력을 기르는 것이다. 그 힘과 능력은 인생이 살 만한 가치가 있다는 확신, 사는 방법을 스스로 찾으려는 의지에서 나온다. 그렇게 자신의 인격적 존엄과 인생의 품격을 지켜나가려고 분투하는 사람만이 타인의 위로를 받아 상처를 치유할 수 있으며 타인의 아픔을 위로할 수 있다.'

- 유시민, 『어떻게 살 것인가』

사람에게 상처 받으면 사람으로부터 치유를 받아야 가장 빠르다. 리쌍의 노래 가사 "우리 지금 만나! 당장 만나!"처럼 이왕이면 상처를 준 당사자와 만나 해결하는 게 가장 좋겠지만 그렇게 하기가 쉽지 않다. 그래서 모든 걸 혼자 감당하고 치유하려면 상당히 많은 시간이 걸린다. 유시민 작가의 말처럼 나는 지니에게 그런 치유와 위로, 그리고 에너지를 받았다. 그녀의 책에 있는 말처럼 그냥 마음 가는 대로 좋아하는 일을 하면서 내 방식대로 살아 보리라 결심했다.

'영원히 살 것처럼 배우고, 내일 죽을 것처럼 오늘을 사는 거야.'

- 지니, 『노는 게 일이다』

위로

어느 날 갑자기 동료이자 선배 여선생님에게 전화가 걸려왔다.

"장 선생님. 문득 선생님이 보고 싶어 전화했어요. 힘들다면서? 뭐가 힘들어? 많이 힘들어? 와이프 카페가 잘 안되나? 그래서 스트레스 받았나? 내가 커피 좀 주문해 줘야겠네…"

하지만 이건 그저 심각한 대화 분위기를 피하려는 그분의 농담 섞인 엉너리였다. 몇 가지 이런저런 이유로 힘들다고 넋두리를 늘어놓자 선생님은 여전히 농담 반 진담 반으로 이렇게 말했다.

"장 선생님. 나 같은 사람도 살잖아. 나 알지? 선생님은 그래도 건강하잖아, 가족도 모두… 쌤은 주변에 어려울 때 달려와 주는 사람도 많고, 좌청룡 우백호 다 있잖아. 근데 뭐가 힘들어. 행복한 거야. 날 봐. 나 같은 사람도 사는데…"

선생님은 7년째 병마와 투병 중이고, 이런저런 다른 아픔도 안고 있는 분이다. 20년 넘게 같은 교단에서 봐 온 선배 교사지만 남들이 힘들어서 안 하려는 방과 후 수업까지 악착같이 하고, 늘 밝게 지내려 했던 분이다. 때로는 안 좋은 시선도 있었지만 선생님은 개의치 않는 것 같았다. 어린 소녀처럼 누가 자신에 대해 서운하게 대하면 너무 속상해 눈물 흘리던 모습도 봤다. 이유야 어쨌든 자신이 병에 걸린 상황에서 아들 뒷바라지와 남편 뒷바라지까지. 어찌 선생님도 때론 다 내려놓고 쉬고 싶지 않았을까. 치열하게 사는 것이 오히려 그분에게는 고통을 잊을 수 있는 유일한 창구였는지 모른다. 다른 사람들이 해주는 위로는 크게 와닿지 않았는데 그분이 하는 말은 가슴에 와닿았다. 선생님은 나와 전화 통화한 다음 날 진짜로 커피를 주문해 주셨다.

사람은 자기보다 훨씬 더 큰 고통을 겪은 사람에게 위로받는다. 그래서 직접 겪어보지 않고는 절대로 그 고통을 이해하기 어렵다는 것. 섣부른 위로나 충고 따위는 도움이 되지 않는다는 걸 느끼게 되었다. 그동안 나는 선생이라는 이유로 제자, 학부모, 주변 사람들에게 무슨 문제가 생기면 마치 내가 해결해 주어야 한다는 미명하에 아는 척하고 이해하는 척했다. 충고한답시고 여기저기서

읽거나 본 알량한 간접경험만으로 지적질과 충고를 해왔다. 그 얼마나 어리석은 일이었는지 새삼 깨닫는다.

얼마 전 갑상선암이 걸린 지인이 있었다. 그에게 친하다는 선배가 위로랍시고 말하길 "뭐? 무슨 암? 갑상선암? 야, 그건 아무것도 아니야. 착한 암이라는 말도 있잖아. 수술하면 금방 괜찮아져. 암도 아니지. 난 또 무슨 심각한 암이라고…"라고 했단다.

갑상선암에 걸린 사람들이 흔히 듣는 말이라고 한다. 그런데 이런 말을 듣는 사람이 과연 위로가 되고 힘이 될까? 오히려 이렇게 생각하지 않을까?

'착한 암? 아무것도 아니라고? 니가 걸려봤어? 세상에 착한 암이 어디 있어. 막상 걸리면 기분이 안 좋고, 혹시 임파선으로 전이되지 않았는지, 수술은 잘 될 건지, 후유증은 없는지, 약은 이제 평생 먹어야 하는데… 조금만 일하면 피곤해진다는데… 아이들도 어린데 이제 어떻게 보살피지? 이런저런 걱정이 한두 개가 아니라서 기분 정말 더럽고 짜증 나고 걱정되는데… 걸려보지도 않고 함부로 아무것도 아니라고 얘기하는 게 지금 위로라고 하고 있냐? 심각한 암이면 니가 어떻게 해줄 건데?'

자기가 경험해 보지도 않고 다 아는 것처럼 위로해 주기보다 차라리 암과 투병하는 사람에게 좋은 수제 배 생강청이나 약간의 위로금을 전달하며 “부담 갖지 말고 필요한데 써. 이겨내리라 믿어. 넌 강하니까. 빨리 쾌유해서 예전처럼 나랑 같이 운동하면 좋겠다.” 뭐 이 정도만 해줘도 훨씬 더 힘이 생기지 않을까?

진정한 위로란 도움의 손을 내밀 때 옆에 있어주는 것, 공감해주는 것, 그 사람이 힘겨운 시간을 버텨낼 때까지 그저 믿어주고 옆에서 기다려주는 것 같다. 아무도 해결해 주지 못하기에 자신 스스로 이겨내는 내성이 생길 때까지 그저 가끔 무탈한지만 말 걸어주면 족하다.

올레길을 터벅터벅 걷고 있었다. 목도 마르고 다리도 아파서 잠시 쉬었다 갈 카페를 찾고 있을 때, 제일 친한 친구 진영이에게서 전화가 걸려왔다.

“제주 갔다며?”
“응. 힘들어서. 너도 알잖아.”

진영이는 나와 중학교 때부터 관포지교를 꿈꾸며 친하게 지낸 죽마고우다. 어렸을 때부터 지금까지 나의 삶을 가장 가까운 곳에서 지켜봐 온 그였기에 장황한 설명은 필요 없었다.

"그래~ 잘했다. 제주 사진 좀 카톡으로 보내봐."

다니면서 찍었던 사진 몇 장을 보내주었다. 그러자 장문의 답장이 왔다.

"정말 제주도에서 찍은 사진은 다 예술 사진이 된다더니 그런가 보네.
친구야. 돌이켜보면 시련은 언제나 우리와 함께했던 것 같구나. 그랬었기에 시련을 이겨낸 다음의 희열이 더욱 크게 느껴졌던 것 같다. 예전 연인과의 이별 후, 너에게 연쇄적으로 일어났던 많은 일들.. 너의 모든 것을 지배할 만큼 큰 시련이었지만 돌이켜 보면 그때 넌 그만큼 더 강해지고 있었던 것 같다. 비를 맞으며 한강 둔치에서 네가 힘껏 던진 커플링은 과거의 어리석고 유약했던 스스로와의 화려한 이별을 고했던 것이었다. 지금의 힘든 시간도 그때와 같은 '너다움'이 남아 있다면 보란 듯이 잘 이겨내리라 믿는다. 다시 제주를 뒤로할 땐 넌 더 강해져 있으리라 믿는다. 항상 널 응원하며…"

그래도 존버정신

나는 지금껏 안 좋은 일을 당하면 그 배가 되는 좋은 일이 찾아와 주곤 했다. 그래서 어렵고 힘든 일이 생기면 '하늘은 나에게 무슨 좋은 일을 주시려고 이런 고통을 주시나~'라고 가능한 긍정적으로 생각한다. 하지만 이번에는 그 고통의 시간이 정말 길었다. '이만하면 됐겠지.'라고 생각할만하면 더욱 힘든 일이 연속으로 생겨 도무지 끝이 안 보였다. 심지어 '나중에 좋은 일 안 줘도 되니 여기서 제발 끝내주세요.' 이렇게 생각할 정도다. 그래서 제주까지 온 것인지도 모른다.

그런데 인간사 새옹지마(塞翁之馬)라고 했던가? 지니, 친구, 동료 선생님 등 생각지도 못한 곳에서 위로와 힘을 받을 수 있었다. 새삼 '인연(因緣)'의 소중함을 깨닫게 된다. 내가 힘들다고 말하지 않고 혼자 감당하려 했다면, 제주에 내려오지 않았다면, 과연 이런 위로와 힘을 받을 수 있었을까? “고통의 터널은 반드시 끝이 있다. 단, 계속 걸어가는 자에 한해서…”라는 한동일 교수님의 말이 떠올랐다. 그리고 생각했다.

‘그래~ 요즘 아이들이 쓰는… 시쳇말로 존버(존나 버티기)가 필요할지도 몰라. 존버정신! 반드시 끝은 있을 거야. 더욱이 그 고통의 터널을 혼자가 아닌 함께 걸어줄 사람이 곁에 있다면, 그 사람이 나보다 더 힘든데도 불구하고 씩씩하게 걷는 사람이라면 적어도 외롭지는 않겠지. 조금은 덜 힘들겠지…’

걸어걸어 걸어가다 보면

저 넓은 꽃밭에 누워서 나 쉴 수 있겠지

뜨겁게 날 위해 부서진 햇살을 보겠지

- 강산에, 《거꾸로 강을 거슬러 오르는 저 힘찬 연어들처럼》

토닥토닥

어느 날 샤워하는데 팔꿈치가 따끔거렸다. 확인해 보니 상처가 있었다. 언제 어디에 부딪혀 생긴 상처인지 기억이 나지 않는다. 혼자 생각해 본다.

'언제 다친 거지?'

가끔 이런 경험을 하곤 했다. 분명 날카로운 것에 스쳤거나 모서리에 부딪혀 상처가 생긴 것 같은데 어떤 일에 열중하느라 모르고 있다가 샤워할 때 따끔거리고서야 알게 되는 일.

그랬다.

나는 지금까지 내 속에 작고 소심했던 어린 소년을 잊고 살고 있었다. 그 아이는 원래 소심하고 수줍음이 많아 남 앞에 나서기를 주저했던 아이였다. 그리 공부를 잘한 것도 아니어서 혹시 나서면 선생님이나 친구들에게 공부도 못하는 놈이 나댄다고 놀림을 받을까 걱정이 앞섰다. 친구들이 점심시간 종이 울리자마자 밖으로 튀어 나가 농구나 축구를 할 때, 나는 교실에서 음악을 듣거나 엎드려 잤다. 방과 후에 야자가 끝나면 집에 돌아와 라디오를 켜고 다른 사람들의 사연을 듣기도 하고, 공테잎을 걸어 놓고 내가 좋아하는 음악이 라디오에서 흘러나오길 손꼽아 기다렸다. 종종 글을 쓰거나 그림을 그리기도 했다. 중 · 고등학교 시절 선생님과 친했던 친구들은 하나같이 공부도 잘하고 집도 부자인 아이들이 대부분이었다. 아닐 수도 있지만 적어도 어린 내 눈에는 그렇게 비쳤다. 국민학교(지금은 초등학교로 명칭이 바뀌었지만)부터 고등학교 졸업할 때까지 여학생하고 말을 섞어 본 기억은 손에 꼽을 정도였고 학급의 반장이나 부반장 선거는 엄두조차 못 냈다.

지금도 가끔 나를 미소 짓게 만드는 사진 한 장이 있다. 고등학교 2학년 경주로 수학여행 갔을 때 사진이다. 어느 해변에서 자유시간이 주어졌다. 다른 친구들은 같은 반 여학생들과 사진도 찍고 어울려 다니기도 하면서 자유시간을 즐겼지만 난 그렇지 못했다. 바닷가 해변에서 혼자 걷고 있었다. 그런 내가 불쌍해 보였는지 같은 반 여학생 2명이 다가와 함께 사진을 찍자고 했다. 당황스러워하는 나를 가운데 두고 두 여학생이 양쪽에 섰다. 순간 양쪽 팔을 어떻게 해야 할지 몰랐다. 차렷 자세를 하기에도 뭐하고, 열중쉬어 자세도 이상한 것 같고, 어정쩡하게 서 있는데 한 여학생이 "희걸아, 어깨동무해~"라고 말하는 것이 아닌가. 내가 여학생 어깨 위에 손을 올려놓다니. 상상도 못 해본 행동이다. 내가 안쓰러워 일부러 사진을 찍어 주려고 온 착한 마음이 아니던가. 시키는 대로 어깨동무는 해야겠는데 도저히 손을 여학생 어깨에 올려놓을 용기가 없어 그만 주먹을 쥐고 살짝 허공에 두었다. 차라리 손가락으로 V자라도 했으면 그나마 덜 어색했을 것 같다. 그까짓게 뭐라고. 그냥 친한 친구들처럼 당당하게 어깨동무하고 자세도 좀 삐딱하게 찍어도 될 것을.

그 사진에는 부끄럽고 어색한 나의 표정과 두 여학생 어깨 위로 살짝 허공에 떠 있는 주먹이 보인다. 고등학교 졸업 후 한참이 지난 후에 학교생활 기록부를 발급받은 적이 있는데 담임선생님이 써 주신 '종합의견'란에는 '조용하고 소심한 성격으로~'라는 문구가 1, 2, 3학년 내내 적혀있는 것을 볼 수 있었다.

그랬던 내가 대학에 들어가면서 이제는 그렇게 살지 않으리라 다짐하고 동아리 활동, 과 대표, 학생운동 등 모든 일에 적극적으로 나서기 시작했다. 처음으로 여자친구도 사귀어봤다. 점점 남들이 인정해주고 따라주는 것이 신기했고 마치 원래 나는 소심한 성격이 아니라는 듯 대학교 1학년 때부터 지금까지 30년이 훌쩍 넘는 세월을 정신없이 열심히 달려왔다.

그러다가 여러 가지 안 좋은 일들이 한꺼번에 밀려왔다. 처음에는 관성처럼 그냥 견뎠다. 그런데 이번에는 좀 이상했다. 평소 나 같으면 '나에게 무슨 좋은 일이 생기려고 이러지?' 하며 웃고 넘기거나 의연히 헤쳐나갈 수 있는 문제였는데 왠지 모르게 자꾸 힘겨웠다. 의욕도 사라지고 짜증 내는 일도 많아졌으며 우울한 상태도 잦아졌다. 이렇게 힘든 건 처음이었다. 아무래도 치료가 필요할 것 같아 상담을 받기 위해 심리상담소를 찾았을 때, 소장님은 여러 가지 이유를 들며 나에게 휴직을 권했다. 결국 휴직계를 내고 이곳 제주까지 밀려오게 되었다.

제주에 와서 철저하게 혼자의 외로움과 마주하다 보니 한 발 뒤로 물러나 나를 천천히 되돌아볼 수 있었다. 그러다가 어느새 어두운 벽 한 귀퉁이에 웅크리고 앉아 있는 작은 '아이'를 발견했다. 여기저기 상처 입은 얼굴을 깊이 숙인 채…

선생이라는 이유로, 아버지라는 이유로, 가장이라는 이유 등으로 나는 그동안 내 안에 상처 입은 아이가 있다는 것을 전혀 눈치채지 못하고 달리고만 있었던 것이다. 아니 예전에 소심한 나로 돌아가기가 두려워 마주하려 하지 않았는지 모른다. 내가 약해질까 봐, 밝고 강한 모습만 보여주기 위해 그를 외면했던 것이 더 정확하다. 그 어린 '나'와 마주하는 순간, 갑자기 눈물이 흘렀다.

"외롭고 힘들게 해서 미안해…"

사과하고 싶었다. 위로해주고 싶었다. 안아주고 토닥여주고 싶었다. 어느덧 지천명(知天命)의 나이가 넘어 돌이켜 보니 그 아이는 소심하기도 했지만 아주 세심한 아이였고, 조용했지만 그만큼 신중하고 끈기가 있는 아이였다. 삶을 영화처럼, 소설처럼 감동적이고 멋지게 살길 바라는 아이였다. 사랑하는 사람과 함께.

이제는 활발하고 역동적이고 나서길 좋아하는 '나'도 좋아하지만 세심하고 신중한 '나'도 사랑하리라. 힘들면 힘들다고 말하고, 가끔은 버거운 짐을 내려놓고 멈춰서서 제주 밤하늘의 별을 보듯 감성에 젖어보리라. 그리고 작은 '나'에게 말하리라.

"괜찮아~ 이만하면 너 잘살아왔어. 애썼다. 수고했다. 이제 앞으로는 너와 함께 갈 거야. 가끔은 예전에 네가 그랬던 것처럼 시도 쓰고 글도 쓰고 사랑하는 이와 함께 밤새워 이야기도 하면서. 원빈처럼 잘생기지는 않아도 넌 충분히 매력 있는 녀석이니까. 자, 얼굴을 들고 일어나봐. 일어나서 나와 함께 가자. 끝이 어디인지 몰라도 끝까지 한 번 같이 가보는 거야."라고…

굿바이 제주

제주살이를 끝내고 안산으로 돌아간다. 다시 현실로 돌아가는 것이다. 그간 제주에 머물면서 내려올 때 바람대로 되었는지 돌아본다. 치유, 힐링, 깨달음 등이 있었는지. 여전히 잘 모르겠다.

그런데…

저녁노을보다 더 아름답고 예쁜 엄마의 모습, 눈부시게 아름다운 바다와 하늘, 바위에 부딪혀 불꽃놀이 폭죽처럼 사방으로 터지는 파도, 오르페우스 신화처럼 제주의 아름다움을 뒤돌아보다가 벌을 받아 그대로 돌이 돼버린 듯한 수많은 기암괴석, 새들과 바람이 노래하는 숲속, 억겁의 세월을 견뎌서 경외감마저 느껴지는 고목들, 처절하게 불타오르는 석양, 나비가 날아다니는 조용하고 평화로운 청보리 밭길, 예쁜 꽃을 품고 늘 그 자리에 서 있는 돌담길, 거세게 몰아치다가도 속삭이듯 어루만져주는 바람, 오롯이 나 자신과 제주의 여신 단둘만의 올레길 데이트, 달콤한 구좌상회 당근 케이크와 한적하고 진한 커피 향이 피어나는 예쁜 카페, 노는 게 일이라며 자신이 하고 싶은 대로 즐겁게 사는 멋진 후배, 제주살이 소식을 전해 듣고는 책과 올레 심벌이 그려진 양말과 응원의 포스터까지 직접 만들어 선물해 준 제자이자 교육 동지, 걷다가 지쳤을 때, 응원의 메시지를 보내줘 휴식과 힘을 보태준 죽마고우, 서울 강남 직장에 다니면서도 나를 위해 업무 일정까지 조정해 가며 일부러 제주까지 날아와 함께 바다낚시 했던 고마운 제자(이 제자 덕분에 난 난생처음으로 벵에돔을 잡아봤다.), 매일 아침 정성껏 샌드위치를 만들어 주시고 올레길 걷다 당 떨어지면 먹으라고 초콜릿 챙겨주시던 숙소 주인아주머니, 직접 횟집에서 회를 떠서 나에게 대접해 준 숙소 주인아저씨 등은 분명히 이곳에 있었다. 그리고 세심하고 감성적인 어린 '나'도 있었다.

이만하면 충분하다. 무엇이 더 필요하랴.

제주 올레길을 걷다 아무도 없는 해변에서 수평선을 바라보며 들었던 가수 하림의 노랫말을 떠 올려 본다.

"나 또다시 이곳으로

돌아오기 위해서 이제 난 떠난다."

- 하림, 《여기보다 어딘가에》

에필로그

"넌 좋은 의사가 될 거야. 책임감 있게, 도망 안 가고 최선을 다했어. 너 오늘 너무 잘했어."

TV 드라마 《슬기로운 의사생활》에 나오는 한 장면의 대사다. 산모의 초응급상황을 잘 대처해 놓고도 잘못했다고 생각하며 불안해하는 산부인과 레지던트 2년 차 추민하에게 양석형 교수가 해주는 말이다.

이 드라마는 시청자들에게 인기가 높았다. 사람들은 왜 이 드라마에 열광했을까? 너무나 잘생기고 멋진 배우들 때문에? 물론 그럴 수도 있지만 그보다 더 근본적인 이유는 드라마에 나오는 의사의 인물들이 가진 환자에 대한 마음가짐, 사명 의식, 인간애, 동료와의 우정과 사랑 때문 아닐까? 어떤 이는 현실에는 이런 의사들이 없기에 비현실적이라서 오히려 인기가 높았다고 말하는 이들도 있다. 이유야 어찌 됐든 사람들은 이 드라마를 보면서 마음 한편으로는 '아~ 현실에도 이런 의사가 있다면 얼마나 좋을까?' '내가 만약 아파서 병원에 갔을 때 저런 의사 선생님이라면 믿음이 가고 기꺼이 치료받을 수 있을 텐데…'라고 생각했을 것 같다. 그런데 이런 의사분들이 정말 없을까? 아니다 분명히 있을 것이다. 그 어려운 코로나19 상황에서도 우리는 끝까지 손을 놓지 않고 환자를 위해 답답하고 불편한 방역복을 입고 고군분투하는 의료진을 보았다.

그래서 나는 대입해 보았다. 《슬기로운 의사생활》에서 진료과목은 다를지라도 자신의 환자를 위해 최선을 다하는 의사들처럼 과목은 다를지라도 자신이 가르치는 학생을 위해 최선을 다하는 슬기로운 교사들을… 하다못해 교도소에서도 《슬기로운 감빵생활》(드라마 제목)을 한다는데 교사들이라고 이런 교사가 없을까? 아니 분명 존재한다. 나쁜 것은 금방 드러나고 뉴스거리가 되지만 좋은 것은 잘 드러나지 않는 것처럼 묵묵히 학생을 위해 고군분투하는 교사들은 반드시 있다. 자기 내면에 존재하는 순수한 어린 '아이'를 잊은 채 정신없이 살면서 또 다른 '아이'들을 위해…. 그 아이들이 자존감을 지키며 자기 인생의 주인공으로 멋지게 살아가길 바라는 마음 하나로 수많은 잡무와 불합리와 비효율적인 형식에 굴하지 않고 묵묵히 걸어가고 있는 교사 말이다.

무슨 일이든 나쁜 것만 바라보면 희망이 없어 보이고 의욕이 사라지기 마련이다. 나 또한 '나'를 잊고 살면서 실수도 하고 주변으로부터 상처받기도 했다. 하지만 돌아보니 그럴 때마다 주변으로부터 힘과 위로를 받은 적이 훨씬 더 많았음을 본다. 이제부터는 그들을 보며 힘을 얻고 걸어가리라.

또한, 진정한 교육의 본질이 무엇인가라는 거대 담론은 아니어도 단지 지식을 전달하는 역할을 넘어 우리가 꿈꾸는 것, 학생이 자존감을 느끼며 무엇을 하든 흥미 갖고 자신이 하고자 하는 일을 신명나게 할 수 있게 도와주고 싶다. 그래서 그들이 많은 이들에게 좋은 영향을 끼치고 그로 인해 기뻐할 줄 아는 사람으로 성장할 수 있었으면 좋겠다. 그러기 위해 이제부터라도 다시 긍정적인 마인드로 좋은 것만 바라보려고 노력해야겠다. 그래야 내 마음이 행복할 것 같다. 이런 역할을 다하는 선생님들에게 존경과 위로의 마음을 전하며 내가 느낀 행복을 공유하고 서로에게 힘이 되며 살고 싶다.

학교를 졸업하고 몇 년이 지나면 자기가 1학년 2학기 기말고사에서 몇 등을 했는지, 모의고사에서 어떤 과목을 몇 등급을 받았는지 따위는 기억하지 못한다. 하지만 눈 내리는 교정을 친구와 함께 걸었던 일, 재미있는 수업 시간, 친구나 선생님과 어떤 주제를 갖고 열심히 토론했던 일, 친구와 함께 프로젝트를 수행하느라 고민하며 며칠 밤을 지새웠던 일. 천체망원경으로 학교 운동장에서 밤하늘의 별을 관찰하며 느꼈던 감동, 좋아하는 선생님과 주고받은 진솔한 대화, 자신이 뭔가를 해보고 싶다고 마음먹었던 일, 성적의 높고 낮음에 상관없이 처음으로 인정받았던 일, 친구와의 우정과 사랑…

이런 것들은 수십 년이 지나도 잊히지 않는다. 어떤 구체적인 점

수나 등위 하나하나에 일희일비하지 않고, 자신이 뭔가 흥미 있는 일을 위해 열정을 불태웠던 소중한 추억들 말이다. 제자들이 이런 추억들을 한 아름씩 갖고 졸업했으면 좋겠다.

교육사상가 토드 로즈가 자신의 저서 『평균의 종말』에서 "모든 것이 평균보다 월등히 우수한 것만을 인정하는 세상"이라고 지적했듯이 평균 근처에 있거나 그보다 못하면 열등한 인간이라고 낙인찍지 않고 학생 '개개인성'에 더 신경을 쓰는 교사가 되고 싶다. 그래서 어릴 적 나에게 써 주셨던 선생님들의 평가, '소심하고 조용한 아이'를 '신중하고 끈기 있는 아이'라고 써 줄 수 있는 교사가 되고 싶다.

그리고 몇 명이 되었든 나와 뜻을 함께하는 교육 동지들과 재미있고 행복하게 학교생활을 했으면 좋겠다. 그래야 그 좋은 기운이 온전히 학생들에게 전이된다. 이제부터 교직을 그만두는 날까지 내가 '슬기로운 교사생활'의 주인공이 되어 보면 어떨까? 드라마나 영화로 만들어지지 않아도 상관없다. 나 스스로 그렇게 멋있는 교사라고 생각하며 교단에서 열연하면 될 일이다. 그래서 어느 날 어린 나에게. 또는 나와 함께 같은 길을 걷고 있는 동지들에게 양석현 교수처럼 말해주고 싶다.

"넌 좋은 선생님이야. 책임감 있게, 도망 안 가고 최선을 다했어. 너 그동안 너무 잘해왔어."라고…

제주를 다녀온 지 두 달이 지났을 때였다.

느닷없이 어머니에게 카톡이 전해왔다. 한 장의 사진과 함께.

“희걸아. 참 신기한 일이네. 10년 전 아버지 살아 계실 때, 네가 사다 준 난(蘭)에서 말이야. 정말 몇 년 만에 꽃이 예쁘게 피었더라.”(^^)

사진을 보고 놀라서 바로 전화드렸다. 그리고 이렇게 말했다.

“엄마, 아버지가 그동안 내가 잘 버텼다고 이제 나에게 뭔가 좋은 일을 주시려나 봐요.”(^^)

휴대폰 너머로 엄마의 웃음소리가 나지막이 들렸다.

도서출판 이비컴의 실용서 브랜드 **이비락**樂은 더불어 사는 삶에 긍정의 변화를
가져다 줄 유익한 책을 만들기 위해 노력합니다.

원고 및 기획안 문의 : bookbee@naver.com